MILLENNIUM

Gehenna

Lewis Gannet

MILLENNIUM

Gehenna

Roman

auf Basis der gleichnamigen Fernsehserie
von Chris Carter

Aus dem Amerikanischen
von Jürgen Heinzerling

vgs

Erstveröffentlichung bei:
HarperPrism – A Division of
Harper Collins Publishers, New York
Titel der amerikanischen Originalausgabe:
Millennium – Gehenna

Die Deutsche Bibliothek – CIP-Einheitsaufnahme

Millennium : auf Basis der gleichnamigen Fernsehserie
von Chris Carter / aus dem Amerikan.
von Jürgen Heinzerling . – Köln : vgs
Bd. 2. Gehenna : Roman / Lewis Gannet. – 1. Aufl. – 1997
ISBN 3-8025-2536-1

1. Auflage 1997

Coverdesign: Hamagani/Carrol & Associates
Umschlaggestaltung der deutschen Ausgabe:
Papen Werbeagentur, Köln
Sender-Logo: © SAT.1 New Business Development
(NBD) '97
Satz: ICS Communikations-Service GmbH,
Bergisch Gladbach
Druck: Freiburger Graphische Betriebe, Freiburg
Printed in Germany
ISBN 3-8025-2536-1

„Ich rieche Blut und eine Ära,
die von prominenten Wahnsinnigen
regiert wird.“

W. H. Auden

Prolog

Nacht fällt auf die Stadt an der Meeresbucht. Die Flanken der Hügel strecken sich der Dunkelheit entgegen. Die sanften Täler umarmen die Dunkelheit. Das Wasser, weit und flach, wogt rhythmisch in die Dunkelheit hinein. Die Türme der Innenstadt starren ihr widerwillig entgegen, darunter eine Pyramide, größer als jede andere auf dieser Erde; eine glitzernde, nadelscharfe Pyramide. Dieses Gebäude sticht in die Dunkelheit hinein – ein Symbol der menschlichen Fähigkeit, die Nacht herauszufordern, erkennbar nur für jene, die solche Werte zu schätzen wissen.

Die Pyramide ist das TransAmerica Building. Die Stadt ist San Francisco. Hier und heute ist die Nacht eine besondere Herausforderung.

Heute nacht schlägt Gehenna zu.

1

Die beiden BMWs rasten von Haight kommend am Golden Gate Park vorbei.

Der erste Wagen pulsierte vom drückenden Sound des Industrial Frat-Rocks. Die Baßriffs durchdrangen mühelos das Glas der Fenster, die Sitze, den Fahrzeugboden und die Insassen, fünf junge Männer mit kurzgeschorenem Haar. Lars saß am Lenkrad, Ralph auf dem Beifahrersitz.

Im Fond hockte Eedo, eingequetscht zwischen Dylan und Nick, und fragte sich, wohin es wohl gehen würde. Was anstand. Die anderen hatten ihm nicht erzählt, was heute nacht los sein sollte. „Einfach 'rumfahren und gut drauf kommen", das war alles, was Ralph ihm gesagt hatte.

Aber irgend etwas an diesem Treffen sorgte dafür, daß bei Eedo keine richtige Partystimmung aufkam. Hinter dem ausgelassenen Johlen seiner Kumpels meinte er etwas Düsteres zu spüren, das nicht so recht ins Bild einer coolen nächtlichen Tour durch die City passen wollte. Eedo begann sich zunehmend unwohler zu fühlen.

Er kannte die anderen nun seit sieben Monaten, also seitdem er sein altes Leben als Sohn einfacher tschetschenischer Einwanderer aufgegeben hatte. Seitdem er den schicksalsträchtigen Schritt gewagt hatte, jener Organisation beizutreten, die nur unter dem vagen Begriff *Das Unternehmen* bekannt war. Wie so mancher 21jährige war er ziemlich schnell davon überzeugt gewesen, einen Weg durchs Leben gefunden zu haben – einen Königsweg, den er mit Gleichaltrigen gemeinsam beschreiten würde. Dementsprechend hatte er seinen neuen Brüdern tiefstes Vertrauen entgegengebracht, sie als Verbündete, als Freunde betrachtet.

Zumindest in der ersten Zeit. Aber nun verspürte Eedo Zweifel.

Nagende Zweifel, um es genauer zu sagen: Sein Magen zog sich zusammen, als er darüber nachdachte, ob das Ganze hier vielleicht etwas mit seinem Job zu tun haben könnte. Mit dem Patzer, den er sich neulich geleistet hatte.

Gläubigkeit. Gehorsam. Hatte er geschlampt? Hatte er wirklich das Zeug dazu, ein Mitglied des *Unternehmens* zu sein? Und viel wichtiger noch, würde er sich bei den *Nummern* bewähren?

Diese Fragen und ihre möglichen Antworten erfüllten Eedo mit Angst.

Straßenlaternen flackerten an den Fenstern des Wagens vorbei. Eedo lenkte seinen Blick auf die Steilkurven der Straße, um jeglichen Augenkontakt mit Dylan links und Nick rechts von ihm zu vermeiden. Im Rückspiegel waren ab und zu die Scheinwerfer des anderen BMW zu sehen. Es war ein neuer Wagen, genau wie der, in dem er saß – und ebenfalls mit Brüdern aus dem *Unternehmen* besetzt. Typen, die sich durch Gläubigkeit und Gehorsam auszeichneten. Die die *Nummern* mit brutaler Effizienz beackerten.

Alles in Ordnung, redete Eedo sich ein. Alles ist in Ordnung . . .

Lars verringerte das Tempo und hielt am Straßenrand an.

Der andere Wagen parkte dicht hinter ihnen ein. Eedo sah eine weit ausgedehnte Fläche dunklen Grases, durchbrochen von kleinen Gruppen schwarzer Bäume. Sie standen vor einem Park. AUBURN MEMORIAL PARK & GARDENS, las Eedo von einem schwach beleuchteten Schild ab, das am Anfang des Zugangsweges stand. Es wimmelte nicht gerade von Menschen.

Ralph öffnete die Beifahrertür, stieg aus und lief über den Weg in den Park hinein. Eedo sah zu, wie er sich ins Gebüsch schlug. *Und was jetzt?*, fragte er sich.

Nick öffnete einige eisfeuchte Flaschen Anchor Steam und reichte eine an Dylan weiter. Über Eedos Schoß hinweg stießen sie klirrend miteinander an und bemühten sich, die Flaschen zu verbergen, während sie daraus tranken. Nicht gut genug allerdings, um einen Polizisten zu täuschen, falls einer in der Nähe sein sollte. Nick legte seinen Mund direkt an Eedos Ohr.

Eedo spannte sich an. Er wußte, was nun kommen würde.

„Wuff!“ machte Nick. „Wuff-wuff!“

„Hör auf damit!“ knurrte Eedo. Diese Hundenummer, dieses Bellen, all das machte ihn verdammt nervös. Die Typen machten das, seitdem sie losgefahren waren. Was sollte das überhaupt?

Aber je mehr er darüber nachdachte, desto mehr gelangte er zu der Ansicht, daß er das eigentlich überhaupt nicht wissen wollte. Nick stieß seinen Arm an und hielt ihm ein Anchor Steam entgegen. „Los“, sagte er aufmunternd. „Laß uns einen draufmachen, Eedo!“

Eedo nahm einen verstohlenen Schluck und verspürte eine gewisse Dankbarkeit, als das eiskalte Bier seine beruhigende Wirkung entfaltete. Er hoffte, daß Nick das wirklich so gemeint hatte, wie es klang. Er konzentrierte sich auf den Song, den die Stereoanlage kraftvoll in das Fahrzeuginnere preßte: *“I wanna get high, so high . . .“*

Lars drehte sich zu ihnen um. Eedo sah in sein Babygesicht und erkannte einen harten Ausdruck in seinen Augen, der überhaupt nicht zu einem Baby passen wollte. „Der Dunkle Prinz kehrt zurück“, meinte Lars verschmitzt. Ralphs Gestalt löste sich aus den Schatten des Parks und kam auf sie zu. Ein kleines, mit Folie umwickeltes Päckchen blitzte in seiner Hand auf. *Der Dunkle Prinz,* dachte Eedo, *das trifft wirklich den Nagel auf den Kopf.* Ralph war vor kurzem zum Chef der *Nummern*-Abteilung ernannt worden. Ein Typ, der weiß, was Gläubigkeit & Gehorsam bedeuten –

Ralph hatte zu seinen Untergebenen ein lokkeres Verhältnis. Er beugte sich durch das Fenster neben dem Beifahrersitz und reichte Lars das folienumhüllte Päckchen. Dann meinte er in einem sorgfältig zurechtgelegten, neutralen Tonfall: „Die Eintrittskarten für die Horrorshow."

Na großartig, dachte Eedo.

Lars faltete die Folie auseinander. Im Innern des Päckchens lag ein Streifen Papier. Perforiertes Papier – die Löcher formten ein regelmäßiges Gitter, wodurch es oberflächlich betrachtet wie ein Bogen winziger Briefmarken wirkte. Auf den kleinen Quadraten waren jedoch keine Bilder zu sehen. Nur ein gelblicher Hintergrund, etwas schmuddelig vielleicht.

„I wanna get high, so high . . ."

„*High* – in der Tat", sinnierte Lars. Er löste vier Quadrate ab und gab sie Ralph, der nun zu dem anderen Wagen ging. *Um die Ware abzuliefern*, ging es durch Eedos Kopf, während er durch die Heckscheibe des Wagens zusah. Anschließend schlenderte Ralph wieder auf ihren Wagen zu, öffnete die Tür, ließ sich in den Sitz fallen und knallte die Tür laut zu. Dann nahm er von Lars entgegen, was von dem perforierten Papierstreifen übriggeblieben war.

Lars startete den Wagen und riß ihn hart von der Bordsteinkante weg.

Der zweite Wagen folgte ihnen.

Ralph drehte sich um und sah Eedo an. Langsam und vorsichtig, damit Eedo es genau mitbekommen konnte, begann er nun, den Papierstreifen in die perforierten Quadrate zu zerteilen.

Acid, ging es durch Eedos Kopf, während sich der Kloß in seinem Magen für einen Moment zusammenzog. *Auf Löschpapier geträufelt, Konzentration unbekannt, beschafft von irgendeinem Dealer in irgendeinem Stadtpark.* An Eedos linker Seite zuckte Dylan zusammen. Rechts von ihm rutschte Nick auf seinem Platz herum. Eedo fragte sich, ob sie genauso nervös waren wie er selbst. Ob sie genau wie er ängstlich darüber nachdachten, wie sich die Droge wohl im Hinblick auf ihre geheimnisvolle Mission auswirken würde. Auf das, was ihnen bevorstand – was immer es sein mochte.

Ralph streckte Eedo einen Finger entgegen, an dessen Spitze eines der kleinen Quadrate klebte.

Eedo sah in Ralphs Augen. Sie funkelten vor Vergnügen. Aber da war noch etwas. Vielleicht Mitleid. Oder Spott.

Ralph sagte: „Nimm dein Papier, Eedo."

Eedo zögerte, obwohl er eigentlich keine andere Wahl hatte, da Ralphs Worte sozusagen das Gesetz waren. Der Finger mit dem Papierfetzen bewegte sich auf sein Gesicht zu. Eedo blinzelte. Dann nahm er den *Hit* und steckte ihn in seinen Mund. Und kaute.

Es schmeckte wie Dreck. Bitter.

„Wuff!" japste Nick in sein rechtes Ohr.

„Grrrrrr!" knurrte Dylan in sein linkes.

Eedo schloß die Augen. Er konnte die Art nicht ertragen, wie Ralph ihn anstarrte. Dieser Anflug eines Lächelns auf seinen Lippen. Dieser kalte Glanz in seinem Blick.

„Guter Hund, Eedo", schnurrte Ralph. „Bist echt gut, wirklich."

Zwanzig Minuten später begann Eedo, das Brennen zu spüren. Das ätzende Summen. Sein Magen, noch nervöser als eben, schien sich selbst zu verdauen. Sich aufzufressen.

Sie waren zu einem Hafenviertel gefahren, in dem tagsüber so gut wie nichts los war. Nachts war es hier so menschenleer wie bei Stonehenge. Anlegestellen und Lagerhäuser rollten an ihnen vorbei. Abfall wehte vor dieser düsteren Kulisse des Verfalls über die Straße, typischer Citydreck wie Zeitungspapier, Schachteln von Junkfood und zerfetzte Einkaufstüten.

Eedos Sinne reagierten mit zunehmender Empfindlichkeit auf die Körper der anderen, die den seinen berührten. Auf die Beine und Schultern, zwischen denen er eingeklemmt war. Von Anfang an war es recht eng gewesen, aber nun fühlte er sich eingezwängt. Das Atmen fiel ihm schwer, sogar die Rückenlehne schien ihn zu bedrängen, von hinten zu erdrücken. Eedo bildete sich für einen Augenblick ein, in einer Schrottpresse gefangen zu sein. Eine Vision, die ihm überhaupt nicht gefallen wollte. Er versuchte, sie gewaltsam zu verdrängen, aber sie hatte sich bereits in seinem Hirn festgefressen, überzeugte ihn immer mehr davon, daß sich alles um ihn zusammenzog.

Das Gefühl wurde unerträglich. Eedo versuchte etwas zu sagen, um Lars dazu zu bewegen, die verdammte Schrottpresse abzustellen, den Notschalter zu betätigen – irgendwas. *Irgendwas* . . .

Aber die Worte schafften es nicht, aus seinem Mund zu entkommen. Nichts konnte diesem unglaublichen Druck entkommen . . .

Der Wagen schwenkte scharf nach links. Die jungen Männer auf der Rückbank rutschten zur Seite. Ihre Körper berührten sich nun an anderen Stellen, wodurch Eedo sich nicht mehr ganz so sehr bedrängt fühlte. Er entdeckte, das er wieder atmen konnte.

Und dann entdeckte er, daß sich die Welt außerhalb des Wagens zu drehen begann. Von links nach rechts. Rundherum und herum und herum . . .

Nein, es war nur der Wagen, der sich drehte. Weil das Lenkrad immer noch nach links eingeschlagen war. Lars fuhr im Kreis. Die Wände von Firmengebäuden rauschten vorbei, während die Lichtfinger der Scheinwerfer über sie hinwegglitten, um kurz darauf ein dreckverschmiertes Schild zu streifen, auf dem ACME DRY CLEANING stand – es war nur ein Effekt des Scheinwerferlichtes, der die Welt draußen in Bewegung zu versetzen schien. Das Licht des anderen Wagens machte das gleiche: Es kreiste und kreiste und bemalte dabei eine kreisförmige Leinwand mit den Ausschnitten heruntergekommener Fassaden. Wieder fühlte Eedo wachsende Panik. Diese Kreisfahrt würde niemals enden, würde ihn niemals loslassen. Eine neue, aber nicht weniger grausige Todesfalle.

Dann hörte die Bewegung mit einem Schlag auf. Die Männer auf der Rückbank ruckten nach vorn und nahmen wieder eine neue Position ein. Und Eedo konnte wieder Luft schöpfen.

Aber er fühlte sich *so* benebelt. Und außerdem leuchtete die Windschutzscheibe viel zu grell auf. Ihr Glas erstrahlte in reinstem Weiß, schien in einem glutheißen Todesstrahl zu zerschmelzen, wie sie es manchmal in Science Fiction-Filmen zeigen . . .

Dann begriff Eedo, daß sich die beiden Wagen nun direkt gegenüberstanden. Über einen Abstand von gut drei Metern bestrahlten sie sich gegenseitig mit voll aufgeblendeten Scheinwerfern.

Im grellen Gegenlicht wirkten die Umrisse der Köpfe von Ralph und Lars verschwommen und ausgefranst. Der Schattenfleck, der Ralph war, sagte nun etwas. Er sprach langsam und bedrohlich, mit der Gutmütigkeit eines menschenfressenden Alien:

„Zeit zum Spielen, mein Hundchen."

Auf dem Dach der verlassenen Großreinigung Acme Dry Cleaning – Mit einer Nachtsichtbrille – Beobachten – Beobachten, wie die jungen Männer aus ihren Wagen steigen – Beobachten, wie sie in die Gluthölle des Lichts aus den gekreuzten Scheinwerfern ausschwärmen – Beobachten, wie sie tölpelhaft und verträumt in der Gluthölle herumstolpern –

Auf das hinter der Nachtsichtbrille verborgene Gesicht fällt ein Lichtreflex – Nur das schwache Aufblitzen eines zugeworfenen Fensters – Schwach, aber doch stark genug, um einen Schatten in die Pockennarben zu werfen – In ihre Krater – Stark genug, um wenigstens für einen Augenblick die unirdische, graugelbe Blässe aufleuchten zu lassen –

Eedo fühlte sich, als würde er den Boden unter den Füßen verlieren. Das miteinander verschmelzende Licht der Autoscheinwerfer war hell genug, um recht gut sehen zu können. Aber was Eedo sah, schien sich ständig zu verwandeln. Der Straßenbelag veränderte sich tückisch, wirkte an manchen Stellen wie Sand, an anderen wie Morast. Das Schild mit der Aufschrift ACME DRY CLEANING schien zu zerfließen, nein, förmlich zu zersprudeln, als ob es aus lauter winzigen Bläschen bestehen würde. Auch die Luft selbst verwandelte sich. Mutierte. Eedo bemerkte etwas, das ihn mit Ehrfurcht erfüllte: Die Luft enthielt zahllose, mutierende Substanzen, die er noch nie zuvor bemerkt hatte – aber jetzt konnte er sie sehen, schmecken, sich mit ihnen *vermischen* ... zum allerersten Mal ...

„Eedo!" rief jemand mit einer Stimme, die wie eine Welle durch die Nacht stieß und eine verwirbelte Spur von Substanzen hinter sich herzog, hier pulsierend, dort aufschäumend. Uralte Muster waren zu erkennen – ein tschetschenischer Teppich schwebte heran, wobei seine feine Struktur sich ständig veränderte. Verwandelte. Tiefer hinein ... ganz wunderbar tief. Aber dort drüben ... Eedo blinzelte. Dann schüttelte er seinen Kopf und starrte in die Gluthölle des Scheinwerferlichts zwischen den beiden Wagen.

Seine Freunde hüpften wie spielende Kinder durch das Licht. Johlend. Lachten über einfach alles, oder einfach so. Sie riefen nach ihm. „Komm schon, Eedo! Komm ins Feuer ..."

Das Feuer, dachte Eedo. *Reinigendes Feuer* ... *Das Feuer, das auf die Schwachen wartete, auf die Unfähigen. Das diese korrupte, dämliche Welt niederbrennen würde* ... Er stolperte darauf zu und trat hinein, die Arme weit von sich gestreckt, um die Balance zu halten. Eisweiße Hitze – sich verändernde Schwärme des Lichts – es fühlte sich kalt an, das Feuer. Es brannte nicht – Eedo lief unversehrt hindurch. Es gab ihm Mut. Es erfüllte ihn mit Erleichterung, da die Kälte ihm wie ein mächtiges Symbol erschien. Es zeigte ihm, daß er stark war, genau wie seine Freunde. Ein Ehrenmann. Einer, der gläubig und gehorsam war . . .

Moment mal! Seine Gefährten – Eedos Mund klappte auf. Sie heulten. Bellten. Kläfften wie Hunde . . . das Hundespiel, dachte er, während ihn ein Schauer der Panik durchzuckte. Doch die Panik verwandelte sich schnell in etwas anderes. In so etwas wie nackten Terror.

Denn nun sah er die Köpfe seiner Freunde – aber es waren nicht die Köpfe von Menschen. Eedo sah, wie sie das Aussehen von Hunden annahmen. Höllenhunde, grausam heulende Höllenhunde mit zuschnappenden Kiefern. Die Fänge glitzerten . . .

Sie werden mich auffressen, pulsierte es durch Eedos Kopf. *Mich mit Haut und Haaren verschlingen!* Einer der Hundeköpfe tauchte nun in seiner Nähe auf. Eedo roch den fauligen Atem und spürte, wie sich eine kleine Wolke von Speicheltropfen in seine Haut einbrannte. Und plötzlich war da kein Hund mehr, der ihn zerfleischen wollte.

Es war nur einer seiner Freunde. Dylan. Sein Kumpel Dylan Fortner, der seinen vollkommen menschlichen Mund an sein Ohr hielt. Flüsterte: „Hey Mann, hau ab! Verschwinde, solange du noch kannst!“

Eedo sah an Dylans Blick, daß er es ernst meinte. Daß die Warnung ernst gemeint war. „Was?“ flüsterte er zurück.

Dylan antwortete nicht. Er ging einfach weg. Die anderen gingen ebenfalls, verließen den Bereich des grellen Lichtes – sie wirkten nun vollkommen menschlich und ihre Bewegungen drückten eine gewisse Entschlossenheit aus. Eedo sah, wie Dylan sein Bier austrank und die Flasche auf einen Abfallhaufen warf, bevor er in den Wagen stieg. Dann stiegen auch die anderen ein. *Haben wohl keine Lust mehr*, dachte Eedo. *Ich werde mit ihnen verschwinden.*

Doch dann schlugen die Wagentüren zu.

„Halt“, sagte Eedo unsicher.

Durch die Scheiben sahen ihm sieben Gesichter entgegen, eiskalte Augen, die wußten, was nun kommen würde. Sie ließen die Motoren an. Dann krachten auch die Stereoanlagen los und schickten Wellenbündel pulsierender Baßriffs in die Nacht.

„Hey!“ schrie Eedo.

Beide Wagen setzten mit quietschenden Reifen zurück. Eedo stand wie hypnotisiert in den sich rasch nach beiden Seiten ausdehnenden Lichtsäulen der Scheinwerfer, mitten im Kreuzfeuer der von den umliegenden Gebäuden zurückgeworfenen Echos der Baßläufe. Die Wagen hielten an, was ihn wieder ein wenig Hoffnung schöpfen ließ.

Doch dann machte einer von ihnen einen Satz nach vorn, direkt auf Eedo zu. Erst im letzten Augenblick riß der Fahrer das Lenkrad herum und verfehlte Eedo nur um wenige Zentimeter. Feuchter, metallischer Schweiß schoß aus seinen Poren. Dann kam der andere Wagen – und verfehlte ihn genau so knapp wie der erste. Eedo war immer noch auf den Beinen, aber fast gelähmt vor Furcht. Die Wagen umkreisten ihn nun wie zwei Wölfe, die ihr Opfer in einem sorgfältig synchronisierten Ballett des Terrors in die Verzweiflung trieben. Die jungen Männer lehnten sich aus den Autofenstern, johlend und aufgeregt brüllend. Eedo zitterte; seine Gedanken entglitten ihm, setzten schließlich ganz aus, ließen ihn im Stich. Scheinwerfer und Rücklichter zogen Leuchtspuren, die sich zu einem Strudel vereinten, der, wie er nun wußte, den Tod für ihn bedeutete. Er mußte tun, wozu Dylan ihm geraten hatte. Er mußte fliehen.

Was er nun auch tat. Die Richtung konnte er sich allerdings nicht aussuchen; sie wurde von den Wagen bestimmt, die ihn jagten. Sie trieben ihn auf das Gebäude von Acme Dry Cleaning zu. Eedo rannte darauf zu und lief an einer zerfallenen Wand in das Gemäuer hinein, um sich in einer dunklen Ecke zu verkriechen. Sein Herz schlug ihm bis zum Hals. Er wimmerte und zwang sich, einigermaßen bei Verstand zu bleiben. Hinter ihm wurde das Geräusch der dämonischen Wagen lauter – sie würden bald im Gebäude sein, davon war Eedo überzeugt. Und dann würden sie nach der dunklen Ecke suchen, in die er sich verkrochen hatte.

Er schoß hoch und rannte weiter in das Gebäude hinein.

Auf einer Traverse in der Nähe der Decke – Mit der Nachtsichtbrille – Beobachten, wie der verängstigte Junge vor dem Geräusch der Wagen flüchtet – Beobachten, wie er dort entlangrennt, im Mondlicht, das durch Glasbausteine und zerbrochene Fensterscheiben kriecht – Beobachten, wie er seinem Schicksal entgegenstolpert – Auf den Ort zu, an dem das Rostwasser auf den Boden spritzt –

Eedo stolperte weiter, stieß sich, rutschte auf dem schmierigen Boden und dem Abfall aus. Ein schwaches Licht war weiter innen im Gebäude zu sehen. Eedo lief darauf zu. Er fühlte sich nun etwas sicherer, ein kleines bißchen sicherer. Die Musik aus den Wagen war deutlich leiser geworden ... Er lief um eine Ecke und befand sich nun in einer großen, leeren Halle.

15 Meter über ihm hing eine nackte Glühbirne, die aus irgendeinem Grund eingeschaltet war. Am Boden glitzerte etwas. Vorsichtig ging Eedo darauf zu. Er sah eine schmutzige Pfütze, Wasser vermengt mit Glas-

splittern, den Resten eines Spiegels. Ein gleichmäßiger Strom von Tropfen durchbrach das Glitzern der Oberfläche. Eedo sah nach oben, um herauszufinden, wo das Wasser herkam. Ein kaputtes Rohr. Etwas tropfte auf sein T-Shirt. Nur ein verirrter Tropfen. Rostfarben, nahm Eedo verblüfft zur Kenntnis.

Roter Regen, dachte er, nun von einer neuen Furcht erfüllt.

Aus der Dunkelheit über ihm ertönte ein Geräusch, das fast von dem ständigen Strom der Tropfen überdeckt wurde. Aber Eedo war sicher, daß er etwas gehört hatte. Ein sanftes, flatterndes Geräusch.

Fledermäuse? Sein Blick fuhr nach oben und ein Zittern durchlief seinen Körper. Segelte dort etwas durch die Luft? Schwebend?

Beobachten, wie der Junge dort unten steht – Beobachten, wie er die Schatten betrachtet – Sein Gesicht nach oben gewandt, bleich, ängstlich – Hilflos, schwach – Sehr ängstlich –

Irgend etwas flatterte dort oben, davon war Eedo jetzt überzeugt. Etwas Großes. Er meinte, Flügel zu erkennen. Nein, *viel zu groß!* Aber doch, es sind Flügel. Dünne Hautflügel wie die von Fledermäusen, die sanft durch die Dunkelheit flattern. Dazwischen war ein Kopf zu sehen. Ein Kopf mit einem Maul, ein Hundekopf. Eedo sah den Glanz krankhaft gelber Augen.

Plötzlich stieß die Kreatur mit ausgestreckten Klauen zu ihm herunter. Die Augen glühend, das Maul aufgerissen, so daß die scharfen Fänge nun entblößt waren, stürzte sie ihm schneller und schneller entgegen . . .

Eedo stieß einen erstickten Schrei aus.

Näher – Näher – Die Augen des Jungen sind vor Angst zu Glas erstarrt – Sein Mund öffnet sich weiter, um lauter zu schreien –

Als die Kreatur mit ihm kollidierte, stürzte Eedo rücklings in die Pfütze. Seine Arme ruderten durch die Luft, um sich gegen die Klauen zu schützen, gegen die monströse Hundeschnauze. Doch es half nichts, da die Kiefer über infernalische Kräfte verfügten, genau wie die Klauen – eine preßte sich nun auf seine Brust und schnürte ihm den Atem ab. Die leuchtendgelben Augen starrten ihn mitleidslos an, wie die Pforten der Vorhölle die Seelen der Verdammten anstarren. Die Schnauze wirbelte gierig zitternd herum, die Fänge nun vollständig entblößt – der erste Schlag zerfetzte Eedos Oberlippe. Er kreischte auf, während sein Blut auf die Hundeschnauze spritzte. Dann schlug die Kreatur wieder zu und Eedo zappelte und wand sich, während seine Schreie durch die dunklen Schatten gellten.

Aber das alles würde ihm nicht helfen. Nichts und niemand würde ihm helfen.

Die glühenden Augen kamen näher. Eedo hielt den Atem an, während sie seinen Kopf untersuchten und das, was von seinem Mund übriggeblieben war. Klauen zwängten sich zwischen seine Kiefer, um sie aufzureißen. Wie die Hälften einer Zange, wie Finger und Daumen, glitten zwei der Klauen hinein. *Nein!* durchzuckte es Eedo: Sie würden sich durch die weiche Decke seines Mundes bohren, um sein Gehirn herauszureißen. Doch statt dessen wurde ihm die Zunge ausgerissen. Ein purpurroter Lappen – die Kreatur verschlang sie auf einen Rutsch, schluckte sie ohne Anstrengung unzerkaut herunter. Eedo gurgelte Blut. Sein Hals füllte sich mit siedendheißem Kupfer, heißem Salz, während sein Verstand in eine neue Hölle der Angst gestoßen wurde.

Eine Hölle schneidender Konzentration. Ein Ort, an dem sich Erkenntnis und Horror vermischen: An dem Erkenntnis und Horror dasselbe sind. Wieder zwängten sich die Klauen in seinen Mund. Ihre Spitzen ertasteten behutsam das blutende, rohe Fleisch, als ob sie nach etwas Bestimmtem suchen würden. Die Suche war erfolgreich. Mit unglaublicher Kraft zerrten sie daran. Rissen es heraus.

Dann waren die Klauen wieder da. Und wieder.

Während die Klauen sich mit seinem Mund beschäftigten, als wäre er ein Spielsalon, dessen Samttapeten nach jeder Runde ein wenig blutroter und weicher werden, erkannte Eedo etwas, das ihn noch tiefer in den Morast des Schrekkens schleuderte. Die Bestie nahm sich Zeit. Sie ging methodisch vor, wie ein routinierter Chirurg. Keine Hektik. Kein Grund, den Gang der Dinge unnötig zu beschleunigen.

Eedo würde einen ungewöhnlich langsamen und qualvollen Tod erleiden.

Gläubigkeit, dachte er. *Gehorsam. Ich habe beides verloren ... und dafür muß ich jetzt zahlen.*

Die Bestie setzte ihre grausame Ernte fort.

Von oben, aus der Dunkelheit, tropfte es in die sich tiefrot färbende Pfütze.

2

Die Sommersonne erhellte den Garten des im Farmerstil gebauten, gelbgestrichenen Hauses. Frank Black lief die Verandatreppe herunter, in einer Hand eine Kombizange, in der anderen zwei große Glühbirnen. Er ging über den sorgfältig getrimmten Rasen, bis er zu einer Leiter kam, die an der schmalen Seite des Hauses angelehnt war. Er kletterte hinauf, bis er direkt vor dem Bewegungsmelder stand, den er an der Dachunterkante angebracht hatte.

Es war ein geradezu idealer Tag für derartige Arbeiten. Warm, aber doch luftig und frisch. Der Himmel war von wattigen Wölkchen betupft, baumwollweiß auf tiefblau – harmlose, unbedrohliche Wölkchen, zumindest im Moment. Schönes Wetter. Vor allem für Seattle, die Stadt des Dunstes, des Nebels, der peitschenden Stürme.

„Hallo!“ rief eine Stimme von unten. Überrascht drehte sich Frank um. Dort, mitten auf seinem Rasen, stand Jack Meredith, Franks Nachbar. Sein rundes Gesicht strahlte. „Hab’ gesehen, daß Sie da herumschrauben“, informierte er Frank. „Eine Lampe mit Bewegungsmelder, richtig?“

Ein kleines Lächeln zog über Franks Gesicht.

Daß Jack Meredith vorzeitig in den Ruhestand versetzt worden war, hatte ihn keineswegs zur Untätigkeit verführt. Im Gegenteil, Jack sah es nun offenbar als seinen Vollzeitjob an, sich in die Dinge einzumischen, die jenseits seines Gartenzaunes passierten. „Ja“, sagte Frank in einem leisen, aber entschlossenen Tonfall. Er begann, eine der großen Glühbirnen einzuschrauben. „Die Tage werden kürzer“, fuhr er fort. „Catherine wird sich freuen, daß das Haus beleuchtet ist, wenn sie spät nach Hause kommt.“

„Oh“, sagte Jack interessiert. „Dann hat Ihre Frau den Job bekommen?“

„Ja“, erwiderte Jack, während er die zweite Birne in die Fassung drehte.

„Großartig!“ rief Jack. „Wie heißt das noch genau, was sie macht?“

„Sie ist als Sozialarbeiterin im Klinikbereich tätig“, erklärte Frank geduldig, während er mit der Kombizange die Sockel der Birnen ausrichtete. Er legte großen Wert darauf, solche Arbeiten möglichst sorgfältig auszuführen, bis ins kleinste Detail. Er nahm eine leichte Korrektur am Winkel der Lampen vor. Das würde wohl soweit funktionieren. Jetzt mußte er nur noch eine kleine Änderung an der Verdrahtung vornehmen.

„Ach ja“, sagte Jack gerade. „Ja ja – Sozialarbeit im Krankenhaus. Hey, Frank: Sind Sie sicher, daß Sie alles an Werkzeug haben, das Sie brauchen?“

„Jack“, sagte Frank mit einem freundlichen Blick, „ich komme schon zurecht.“

Die Haustür ging auf und zwei Energiebündel stürmten hinaus – Franks fünfjährige Tochter Jordan und Bennie, Jordans kleiner Hund. Etwas gemessener kam Catherine hinterher, ihr Gesicht ein wunderbar ebenmäßiges Oval, glatte Haut und strahlende Augen, die von ihrem offenen, braunen Haarschopf eingerahmt wurden. Frank lächelte sie an. In seinem rauhen, wettergegerbten Gesicht vertieften sich die Falten.

„Frank?“ fragte sie.

„Ja“, erwiderte er.

„Ein Anruf für dich“, teilte Catherine ihm mit. Sie bemühte sich, unbekümmert zu klingen, aber ihre Stimme hatte einen eindringlichen Unterton. Was er als Anzeichen dafür wertete, daß der Anruf wichtig war.

„Daddy!“ rief Jordan, während Frank die Leiter heruntersteig. „Hast du es schon so hingekriegt, daß es funktioniert?“

„So gut wie, Liebes“ sagte Frank. Er trat auf den Rasen und bückte sich, um seine kleine Tochter hochzuheben. „Und was hast du so gemacht?“

„Mit Bennie gespielt“, sagte Jordan glücklich. Ihr Gesicht leuchtete im Sonnenlicht auf. „Ihm Tricks beigebracht!“

„Tricks?“ fragte Frank, während er sie zur Veranda trug. Bennie kam aufgeregt schnüffelnd hinter ihnen her. „Was denn für Tricks?“

„Geheime Tricks“ antwortete Jordan sehr ernsthaft.

„Aha“, sagte Frank. „Na, dann erzählst du mir besser nichts über die Tricks. Falls sie wirklich geheim sind.“ Er blinzelte Catherine zu und überließ ihr das Kind, um ins Haus zu gehen.

Catherine sah Jack Meredith an, der mit höchst interessiertem Gesichtsausdruck dastand. „Hi“, sagte sie mit einem etwas verwirrt wirkenden Lächeln.

Jack grinste, erfreut über die unerwartete Möglichkeit, den nachbarschaftlichen Diskurs nach Franks Abgang mit ihr fortzusetzen. „Hi“, entgegnete er strahlend.

Das Telefon stand auf dem Tresen, der die Küche vom Eingangsraum abtrennte. Frank hob den Hörer ans Ohr und sagte „Hallo?“

Eine vertraute Stimme erklang aus der Ohrmuschel: „Hallo, Frank? Hier ist Peter Watts.“

Franks Griff um den Telefonhörer verhärtete sich. Watts war ein Mitglied der Millennium Group, jener Organisation, für die Frank gelegentlich als Ermittler arbeitete. „Hallo, Peter“ sagte er.

„Ich bin unten in San Francisco“, erläuterte Watts. „Bin an einer Sache dran, die wie ein mehrfacher Mord aussieht. Möglicherweise steckt etwas Komplizierteres dahinter.“

Möglicherweise steckt etwas Komplizierteres dahinter. Frank atmete tief ein. Hinter ihm kam Catherine ins Haus. Er wollte nichts sagen oder tun, was sie möglicherweise beunruhigen würde. Aber gleichzeitig war ihm klar, daß das, was Watts als „etwas Komplizierteres“ bezeichnete, für sich betrachtet schon beunruhigend genug sein mochte. Leise meinte er zu Watts: „Schicken Sie mir die Details per Post?“

„Würde ich gerne tun, Frank“, meinte Watts. „Aber das eigentliche Problem ist eben, daß wir keine Details haben. Ich glaube, daß wir Sie hier gut brauchen könnten.“

Frank hörte, wie Catherine näher an ihn herantrat. Keine Fragen stellen. Watts wollte auf irgendwas hinaus. Eine Tatsache, mit der Frank klarkommen mußte, trotz des Knotens der Furcht, der sich in seinem Magen zusammenzog. „Gut“, sagte er. „Ich besorge mir sofort ein Tikket.“

Er legte auf und drehte sich um. Catherine sah ihn an. Frank erwiderte ihren Blick für einige lange Momente, als ob er ihr begreiflich machen wollte, daß alles okay sei. Aber in Wirklichkeit war nichts okay. Und diese Erkenntnis übertrug sich zwischen den beiden; ein wortloses Verständnis, das auch auf Ehrlichkeit und Zärtlichkeit beruhte, überwiegend jedoch auf zutiefst erschütternden gemeinsamen Erfahrungen.

Catherine ließ sich nichts anmerken. Sie hatte längst gelernt, mit derartigen Situationen fertig zu werden. „War das jemand von der *Group?*“ fragte sie.

Frank nickte. „Sie sind unten in San Francisco auf was gestoßen, das ich mir demnächst mal ansehen sollte.“

„Demnächst?“ fragte Catherine vorsichtig.

Frank ging auf die Haustür zu und blieb dort stehen. „Ja“, sagte er. Er drehte sich um und sah in Catherines leuchtend helle Augen. „Gleich nachdem ich da draußen die Lampe angeschlossen habe.“

3

Um 13.53 Uhr landete das Flugzeug, in das Frank Black in Seattle eingestiegen war, auf dem International Airport in San Francisco. Nur knapp drei Stunden waren vergangen, seitdem Peter Watts ihn angerufen hatte. Er drängte sich durch den Strom von Touristen und Geschäftsleuten und passierte mehrere Sicherheitschecks, die dank des Una-Bombenattentats und ähnlicher bedrückender Ereignisse der jüngsten Vergangenheit nun zum gewohnten Bild der inneramerikanischen Flughäfen gehörten. Schließlich erreichte er den Schalter einer Autovermietung. Kein Gepäck, auf das er warten mußte. Er hatte nur das Notwendigste mitgenommen, wie immer. Der Wagen erwartete ihn bereits am Straßenrand.

Er fuhr über die Schnellstraße in die City hinein, vorbei am Golden Gate Park und weiter, bis er sein Ziel erreicht hatte, den Auburn Memorial Park.

Aus seinem zerknitterten Reiseführer hatte er erfahren, daß der Auburn Park in den 30er Jahren angelegt worden war. Sozusagen als etwas verspätete Gedenkstätte, die an den Tod der Feuerwehrleute erinnern sollte, die in dem stadtweiten Inferno umgekommen waren, das auf das große Erdbeben von 1905 folgte. Obwohl sich die Abmessungen des Parks im Vergleich zum Golden Gate Park recht bescheiden ausnahmen – es handelte sich eigentlich nur um einen winzigen Streifen Land – war er mit einem beachtlichen Pflegeetat bedacht worden, der gemeinschaftlich von der Parkverwaltung und einer halboffiziellen Stiftung verwaltet wurde. Deshalb hatte der ursprüngliche Charakter des Parks schadlos die finanziellen Wirren der letzten Jahrzehnte überlebt. Seinen Reiz gewann er hauptsächlich durch seine Gartenanlagen, die unter der Patenschaft von Bürgern standen, die von einem auf fast aggressiv anmutende Weise engagierten Komitee rekrutiert wurden. Die Möglichkeiten der Unterstützung reichten von der Mitgliedschaft in einem Parkverein über Geldspenden bis zur aktiven Mithilfe bei der Pflege der Pflanzen.

Die exquisiteste Anlage war ein Rosengarten, ungefähr so groß wie ein halber Fußballplatz, der sich zur Zeit der Blüte in ein wahrhaft berauschend feuerrotes Feld verwandelte. Die Farbe sollte an die Wagen der Feuerwehr erinnern – die Flammen hatten damals alle Teile der Stadt vernichtet, die nicht bereits dem Erdbeben zum Opfer gefallen waren.

Da Frank einige andere Quellen konsultiert hatte, die etwas weniger oberflächlich waren als sein Reiseführer, wußte er bereits, daß die in den zum Gedenken an die Feuerwehrleute errichteten Gartenanlagen gehegten Triebe nicht die einzigen waren, die sich im Auburn Park entfalten durften. Des Nachts erblühten hier junge Liebe, anonymer Sex und das Geschäft mit illegalen Drogen. Die Polizei schritt jedoch nur in Ausnahmefällen gegen diese Aktivitäten ein. Diejenigen, die sich tagsüber für den guten Ruf des Parks engagierten, scheuten wohl die Publicity. Leben und leben lassen war ihr Motto; wenn die nächtlichen Besucher es darauf abgesehen hatten, in der Hölle zu landen, war das ihre Angelegenheit – solange sie nicht die Parkanlagen entweihten.

Aber genau das war jetzt das Problem.

Peter Watts hatte Frank einige Unterlagen gefaxt, damit dieser sich bereits während des Fluges mit dem Fall vertraut machen konnte. Das Material ergab allerdings keinen Sinn.

Sei's drum. Frank Black, Peter Watts und ihre Kollegen hatten sich schließlich auf Fälle spezialisiert, die keinen Sinn ergaben.

Frank hielt sich an Watts Wegbeschreibung und fand schließlich den Parkplatz des Servicezentrums. Dort standen bereits drei zivile und vier schwarzweiß lackierte Polizeiwagen. Zur Linken, hinter einem Holzschuppen, lag ein großes Feld voller roter Blüten – der Rosengarten, eine endlose Anreihung gepflegter Stöcke und Hecken. Dazwischen streiften in gemessenem Tempo Polizisten herum, dezent in Zivil oder auffällig in Uniform, genau wie ihre

Wagen. Sie suchten die Rosenbeete ab. Der gesamte Rosengarten war mit gelbem Markierungsband abgesperrt. Außerhalb standen einige Grüppchen von Gaffern. Frank stellte fest, daß einige von ihnen ziemlich verärgert wirkten.

Freiwillige Stadtgärtner, nahm er an. Es stand ihnen wohl zu, sich aufzuregen.

Er bückte sich, um unter dem Absperrband durchzuschlüpfen, und ging auf einen großen, kahlköpfigen Mann zu, der einen mit geometrischer Präzision gestutzten Schnauzbart trug – Peter Watts. Neben ihm standen zwei Männer, der eine stämmig, der andere spindeldürr, beide in Straßenkleidung. Unzweifelhaft Detectives vom SFPD, dem San Francisco Police Departement. Er sprach Watts an: „Peter."

Watts drehte sich um. „Frank", sagte er, einen Schimmer der Erleichterung im Blick. Die beiden schüttelten sich die Hände. „Wie war der Flug?" fragte Watts.

„Gut", antwortete Frank. Nicht mehr, kein Wort über seine jüngsten Erlebnisse oder darüber, wie es ihm ging. Watts und er verschwendeten ihre Zeit nie mit belanglosen Höflichkeitsfloskeln. Was ganz besonders für Augenblicke wie diesen galt, in denen die Untersuchung eines Tatortes ihre gesamte Aufmerksamkeit erforderte. Die beiden lokalen Detectives beobachteten sie mit leidenschaftslosen Bullenaugen und machten keine Anstalten, sich dem Neuankömmling vorzustellen. Typisch. Justizbeamte, die schon einmal von der Millennium Group gehört hatten, pflegten meist auf respektvolle Distanz zu gehen, wenn sie es mit einem ihrer Mitarbeiter zu tun bekamen – ob sie dies nun im Einzelfall aus professionellem Neid oder Angst taten. Jedenfalls waren Polizisten von der Ernsthaftigkeit und Zielstrebigkeit beeindruckt, mit der die Gruppe vorging. Herausragende Qualitäten, die bei ihnen eine gewisse Ehrfurcht hervorriefen.

„Was haben wir bisher?“ wandte sich Frank an Watts.

Watts lief ein Stück in die Gartenanlage hinein und kniete neben einer Rosenhecke nieder. Frank folgte ihm. „Einigen Mitgliedern des Parkclubs fiel auf, daß jemand im Laufe der letzten Wochen Asche auf die Rosenbeete gekippt hat.“

„Asche“, murmelte Frank.

Watts nickte. „Heute morgen“, fuhr er fort, „kam eine junge Frau zwischen 7.15 und 7.30 Uhr hierher, um ihren wöchentlichen Beitrag zur Pflege des Parks abzuleisten. Sie hat die Polizei angerufen, nachdem sie das hier fand.“ Watts zog einen Kugelschreiber aus seiner Windjacke hervor. Er benutzte ihn, um die Blätter eines dekorativen Strauches zur Seite zu schieben, der am Rande des Beetes stand. Frank lehnte sich zu ihm herunter, um besser erkennen zu können, was sich hinter den Blättern verbarg.

Feine graue Asche bedeckte die Erde. Dem Anschein nach war sie erst vor recht kurzer Zeit hierhin gekippt worden. Mitten in der Asche lag ein teilweise verbranntes menschliches Ohr. Nur ein Ohr. Kein Kopf, keine Haut, kein Haar – absolut nichts von dem, was man in unmittelbarer Nähe eines Ohres vermuten sollte.

Frank kniete nieder, um es näher zu betrachten. Es war mit Asche bedeckt, die wie eine dicke Lage Make-up die Konturen der Haut und die Farbe verdeckte. Doch unter der Asche sah Frank geschwärzte Ränder. Das Ohr hatte gebrannt. War nahezu verbrannt, wenn man es genau nahm. Eigentlich war es nur der innere Teil der Ohrmuschel, der dem Feuer widerstanden hatte.

Einige Spinnen kletterten über das Ohr. Weiter innen waren die zitternden Scheren einiger Ameisen zu sehen, die ein gieriges Fest des Fleisches feierten.

Frank blieb für einige Sekunden mit starrem Blick hocken.

„Scheint einem Erwachsenen gehört zu haben“, sagte Watts. „Ein Großteil der inneren Helix ist noch intakt. Ich bin ziemlich sicher, daß wir daraus eine recht ordentliche Rekonstruktion der gesamten Ohrmuschel anfertigen können.“

„Ja“, erwiderte Frank heiser.

„Ist ’ne ziemliche Menge Asche, die sie hier abgeladen haben, Frank“ meinte Watts.

„Wie viel?“ fragte Frank, ohne sich wirklich dafür zu interessieren.

„Wissen wir noch nicht“, entgegnete Watts. „Können's nur grob abschätzen – na, eben eine ziemliche Menge.“

„Aber warum hier?“ murmelte Frank.

„Was?“ fragte Watts.

„Asche“, sagte Frank nun sehr leise, „Feuer . . .“

Watts drehte sich mit einer seltsamen Grimasse zu ihm hin. Frank starrte konzentriert das Ohr an, er hatte vorerst sämtliche Verbindungen zur Außenwelt abgebrochen. Davon war Watts keineswegs überrascht. Im Gegenteil, er hatte sogar damit gerechnet, da er es nicht zum ersten Male erlebte. Oft genug hatte er erfahren, daß Frank in Ebenen der Realität vordringen konnte, die anderen Menschen nicht zugänglich waren. Die vielleicht niemand anders wahrnehmen konnte. Und doch fand Watts Franks Verhalten – äußerste Konzentration, ein nahezu hypnotischer Bann – ziemlich beunruhigend. So war es ihm schon früher ergangen. Und so würde es wohl auch in Zukunft sein.

„Furcht“, sagte Frank fast unhörbar.

Watts warf einen Blick zu den Polizisten herüber. Der stämmigere schluckte, wobei seine Augen etwas größer wurden. Der andere tat so, als ob er darauf achtgeben müßte, daß niemand durch die Absperrung brach.

Frank interessierte das offenbar überhaupt

nicht. Er war in eine Blase kalter Stille gehüllt, leer wie das Vakuum des Weltalls. Vergessen war der Park. Vergessen war auch alles andere, um ihn war nur noch Stille.

Dann fing es an:

Feuer . . .

Unerträgliche Hitze – Hitze, hinter einer Glasscheibe – Gegen das Glas preßt sich ein menschliches Gesicht, total durchgedreht, mit weit aufgerissenen Augen – Ein junger Mann mit kurzgeschorenem Haar – Ein zerschmetterter Mund – Ein blutender Mund, Teile der Lippen fehlen – Der Junge schreit – Er hat fürchterliche Schmerzen, grauenhafte Angst, kratzt panisch an der Scheibe – Eingekerkert in einer Gluthölle – Der Typ verbrennt bei lebendigem Leibe –

Und der Killer sieht zu –

Auch das sieht Frank, in allen Details. Denn er sieht, was der Mörder gesehen hat – Was der Mörder fühlte –

„Frank“, sagte Watts.

Frank blinzelte und nahm einen tiefen Atemzug.

„Die Polizei hat ursprünglich gedacht, daß irgendein Krematorium den Park als Müllkippe mißbraucht hat. Aber dann haben sie sich die Asche näher angesehen. Wer immer es war, er hat sich große Mühe damit gegeben. Was keinen Sinn ergibt. Jedenfalls nicht, wenn sie die Asche einfach nur loswerden wollten.“

„Nein“, erwiderte Frank. „Er ist . . .“

„Hä?“ fragte Watts in scharfem Ton.

„Der Killer“, sagte Frank. „Der Killer ist . . .“

Der Junge schreit immer noch, schlägt nun mit den Fäusten an die Scheibe – aber dann wird das Bild unscharf, als ob sich der Brennpunkt einer Kamera verändert. Der Junge ist nicht mehr zu sehen. Aber auf der Oberfläche des Glases –

Auf dem Glas ist ein Spiegelbild zu erkennen –

Das Spiegelbild des Killers, der den Jungen beobachtet –

Der den todgeweihten Jungen beobachtet –

„Er ist was, Frank?“ sagte Watts gerade zu ihm.

Frank schloß seine Augen und öffnete sie direkt wieder. Dann drehte er sich zu Watts um und meinte in einer leisen, sanften Stimme: „Der Killer kennt das Opfer. Er will, daß es leidet.“

„Leidet?“ fragte Watts verständnislos.

Frank nickte.

„Bist du sicher?“ bohrte Watts weiter.

„Oh ja“, bestätigte Frank, „ganz sicher.“

Watts überlegte. „Ich vermute, daß wir es hier mit mehreren Leichen zu tun haben“, bemerkte er dann. „Mehreren Opfern.“

„Joh“, nickte Frank und sah dabei kurz zu der Asche hinüber, die das Rosenbeet bedeckte. So tief er auch in das Pflanzendickicht hineinstarrte, die Wurzeln waren unter dem grauen Pulver verborgen.

„Wie macht er das?“ fragte Watts. „Hat er daheim sein eigenes Krematorium?“ Er deutete auf die Asche. „Was kann einen derartigen Grad von Verbrennung hervorrufen?“

„Ein Krematorium, vielleicht“, entgegnete Frank. „Ich weiß es nicht. Aber etwas anderes weiß ich – es ist für den Killer irgendwie wichtig, daß sie noch leben, wenn er sie verbrennt.“

Watts atmete hastig ein. „Warum?“ fragte er.

Frank schüttelte seinen Kopf. „Keine Ahnung“, antwortete er, um sich anschließend aufzurichten. Mit einem schweren Seufzen stand auch Watts auf. Beide Männer registrierten erst jetzt, daß die Detectives sie die ganze Zeit beobachtet hatten. Und daß sie alles gehört hatten, was sie in den letzten Minuten besprochen hatten. „Hey!“ nickte Frank freundlich zu ihnen hinüber.

Die Cops nickten wortlos zurück.

„Ich muß ein Mitglied unserer Gruppe anrufen“, erklärte Watts ihnen nun. „Einen Mann namens Penseyres. Wenn Sie damit einverstanden sind, daß er Ihr forensisches Labor benutzen kann, glaube ich, daß wir in kürzester Zeit etwas Weiterführendes herausfinden könnten.“

„Wir werden dafür sorgen“, antwortete der kräftiger gebaute Detective. Er sah kurz zu den Gaffern hinüber, die sich vor der Absperrung versammelt hatten. „Wissen Sie“, fuhr er fort, „die Verwaltung des Parks ist zur Hälfte privat. Liegt also nicht im Zuständigkeitsbereich der

Stadt. Was darauf hinausläuft, daß wir nicht einfach mir-nichts-dir-nichts alles umgraben können. Ich meine ..." Er machte eine Pause und machte ein Geste, die andeuten sollte, daß er sich auf das gesamte Areal bezog. „Hat etwas mit Stolz zu tun", fügte er hinzu. „Und mit Tradition. Die Leute hier wollen die Erinnerungen bewahren."

„Erinnerungen an was?" fragte Watts.

„Den großen Brand von neun-zehn-fünf", erklärte der dünne Detective. „Das Feuer brach aus, nachdem die Treibstoffleitungen der City durch das große Erdbeben leckschlugen. Dieser Ort hier, der ist so 'ne Art Gedenkstätte für die Opfer des Brandes. Die Gewerkschaft der Feuerwehr hat ein Interesse daran. Die Politiker haben ein Interesse daran. Womit ich sagen will, daß eine verdammte Menge von Leuten wissen will, wer hier Leichenasche abkippt, wie ..." Der Mann atmete ein und schüttelte seinen Kopf. „Wie bei einer beschissenen Beerdigung."

„Werden die sich einmischen?" fragte Watts.

Beide Polizisten zuckten die Achseln. Als ob sie sagen wollten: Klar. Genau das.

„Dann sollten wir uns beeilen", beschloß Watts. „Geht das mit Penseyres soweit klar?"

Die Polizisten nickten. Der größere fragte: „Und Sie befassen sich regelmäßig mit sowas?"

„Nein", antwortete Frank leise und so sicher, daß die beiden ihn indigniert anstarrten. „Nicht mit sowas wie dem hier."

Niemand wußte darauf etwas zu sagen. Die Stille hing wie ein Dunst in der Luft, vermischte sich mit dem Duft der Rosenblüten und den weniger starken Gerüchen von frisch umgegrabener Erde, Dünger und dem Gewimmel der Insekten.

Dann durchbrach Frank die Stille. Er sagte zu Watts: „Da könnte es eine Verbindung geben, Peter. Das Thema Feuer. Das Thema Einäscherung."

„Vielleicht sendet der Killer uns damit eine Botschaft?" mutmaßte Watts.

„Irgend etwas sendet er", sagte Frank. „Nur weiß ich nicht, was und warum." Er setzte sich in Bewegung und ging auf seinen Wagen zu.

„Wir bleiben in Verbindung", meinte Watts zu den Cops. Dann folgte er Frank.

Die Cops blieben stehen und sahen zu, wie Frank und Watts wegfuhren.

„Da läuft's dir doch eiskalt den Rücken runter", sagte der Dünne.

„Kann's mir immer noch nicht vorstellen", erwiderte der andere.

„Nein", meinte sein Kollege. Er bückte sich und schob die Blätter beiseite, hinter denen das Ohr lag. „Was hat er noch gesagt? Für den Killer ist es wichtig . . .?"

„Er meinte", zitierte der dickere, „‚es ist für ihn wichtig, die Opfer leiden zu sehen. Daß sie noch leben, wenn er sie verbrennt.'"

Die beiden Männer starrten das mitten in der

Asche liegende, halb verbrannte Ohr an. Obwohl beide abgebrühte Veteranen mit jahrzehntelanger Diensterfahrung waren, lief ihnen ein eisiger Schauer über den Rücken.

4

Jordan Black lag haltlos kichernd in ihrem Bett. Ihr Hund Bennie küßte ihr Ohr; leckte mit seiner großen, nassen Zunge das fünfjährige Mädchen ab.

„Ooooooh!" quietschte Jordan entzückt. „Bennie, ich liebe dich so sehr!"

„Grrrlph!" antwortete Bennie und steigerte den Enthusiasmus, mit dem er ihr Ohr abschleckte.

„Okay!" rief eine vertraute Stimme in gellendem Kommandoton. Jordans Mutter stand in der Tür, die Hände in die Hüften gestemmt, das Gesicht zu einer Grimasse gespielten Ernstes verzogen. „Was ist denn hier los?"

Bennie unterbrach seine Liebkosungen. Der halb ausgewachsene Bordercollie sah an Catherine Black hoch, die Schnauze mit der heraushängenden Zunge zur Imitation eines Grinsens verzogen. Der aus der Mitte versetzte schwarze Fleck auf seiner Stirn ließ den jungen Hund noch tapsiger wirken, als er es ohnehin war. Catherine unterdrückte einen Kicheranfall. Dieser Hund verkörperte wirklich den idealen Spielgefährten für ein Kind. Und er war vollkommen frei von jeglichen Schuldgefühlen.

„Bennie gibt mir Küsse", erklärte Jordan fröhlich.

„Hab's gesehen", sagte Catherine. „Nun, für heute habt ihr wohl genug herumgetollt. Zeit, schlafen zu gehen. Und *du* marschierst runter!" wandte sie sich an Bennie und scheuchte ihn vom Bett.

Bennie trottete mit erhobenem, wedelndem Schwanz zur Tür.

„Nacht, Bennie!" rief ihm Jordan hinterher.

Catherine drehte sich um, um ihre Tochter zuzudecken. Dabei setzte sie wieder den gespielt ernsthaften Blick auf und meinte: „Und nun zu dir . . ."

„Mami!" unterbrach Jordan sie. Ihre Stimme klang verändert, leise und ernsthaft.

„Ja, mein Schatz", sagte Catherine, die diesen Tonfall bereits kannte.

„Wann kommt Daddy nach Hause?"

Catherine streichelte Jordans Kopf. „Weiß ich nicht, Liebes. Ich bin aber sicher, daß er bald nach Hause kommt. Vielleicht morgen."

„Arbeitet er?"

„Ja", antwortete Catherine.

„Fängt er den *bösen Mann*?" bohrte Jordan weiter.

Catherines Herz setzte für einen Moment aus. Sie versuchte, möglichst unbekümmert zu wirken, als sie sagte: „Wenn es wirklich einen bösen Mann gibt, wird Daddy ihn ganz bestimmt fangen. Und jetzt möchte ich, daß du deine Augen zumachst und so weit zählst, wie du kannst. Klar?“

„Klar!“ antwortete Jordan. Sie schloß ihre Augen und begann, sich ganz auf die gestellte Aufgabe zu konzentrieren: „Eins, zwei, drei . . .“

Catherine sah sie noch einmal an, erfüllt von tiefen Emotionen, die alles andere verdrängten. Wie süß das Kind war, wie sehr sie an ihren Eltern hing und auch an ihrem Hund. An ihrer kleinen, fröhlichen Welt.

„Sieben, acht, neun . . .“ leierte Jordan.

Unschuld, dachte Catherine. Gibt es eine Möglichkeit, wie ich dafür sorgen kann, daß es für immer so bleibt?

„Zwölf, dreizehn, vierzehn . . .“

Catherine drängte ihre Tränen zurück. Sie wollte nicht mehr darüber nachdenken, wie sie es schaffen könnte, Jordan diese Geborgenheit für alle Zukunft zu bieten. Nicht jetzt und hier, wo ihr Kind ihr den besten Beweis dafür bot, daß diese Geborgenheit der Unschuld wirklich existierte. Sie schaltete die Nachttischlampe aus und ging zur Tür, um den dunklen Raum zu verlassen. Fast war sie schon auf dem Flur, als sich das Dunkel hinter ihr plötzlich erhellte.

Catherine blieb abrupt stehen. Sie wußte genau, woher das Licht kam. Vom Fenster. Von den Lampen mit dem Bewegungsmelder, die Frank gerade erst dort angebracht hatte.

Schnell ging sie zum nächsten Fenster und

sah hinaus. Tatsächlich – es waren die beiden Lampen. Ein geisterhafter Lichtschein fiel auf den kleinen Seitenhof. Catherine sah genau hin, ob sich dort etwas bewegt haben könnte, was groß genug war, um den Bewegungsmelder zu aktivieren. Nichts. Zumindest nichts, was sich bewegt haben könnte. Jordans Puppenwagen – wie festgenagelt. Die Gartengeräte – wie festgenagelt. Pflanzen, ein Tisch, der übliche Krimskrams – wie festgenagelt.

Siehst du, versuchte Catherine sich zu überzeugen. Da ist einfach nichts. Sie kam sich etwas albern vor. Jordans Zahlenlitanei war verstummt, sie atmete nun tief und gleichmäßig. Catherine machte sich bereit, das Zimmer möglichst so geräuschlos zu verlassen, daß ihre Tochter nicht aufwachen würde. Als sie sich bereits halb vom Fenster abgewendet hatte, sah sie aus dem Augenwinkel, wie etwas über den Hof flitzte – viel zu schnell und schemenhaft, um erkennen zu können, was es war. Sie blieb stocksteif stehen.

Wieder starrte sie durch das Fenster auf den Hof. Sie hatte etwas gesehen. Sie *wußte*, daß sie etwas gesehen hatte – einen flüchtigen Schatten, der sich über den Hof bewegte. Der Schatten von etwas Langem, Dünnen, wie ... eine Stange? Was immer es gewesen war, es hatte sich extrem schnell bewegt. Und gleichmäßig. Zielstrebig.

Catherine verließ den Raum, schloß die Tür

hinter sich und lief so schnell und leise wie möglich nach unten. Sie überlegte, welche Möglichkeiten es gab. Was diesen merkwürdigen Schatten verursacht hatte.

Bennie sah ihr vom unteren Ende der Treppe entgegen, den Kopf in den Nacken gelegt, mit seinem Schwanz höchste Aufmerksamkeit signalisierend. Catherine kniete sich hin, legte eine Hand auf seinen Rücken und flüsterte:

„Geschieht hier etwas, von dem ich nichts weiß?"

Bennie sah sie intensiv an.

„Nun?" forderte ihn Catherine auf. „Ja? Oder Nein?"

Bennies Blick wurde etwas schwermütig.

„Dann komm" murmelte Catherine. Sie ging zu einem Fenster, das zum Hof hinaus lag. Die Außenlampe brannte immer noch und strahlte ein ziemlich metallisches Licht aus, das sicher leicht optische Täuschungen hervorrufen konnte. Daß Frank nicht da war, erhöhte sicher ihre Sensibilität für solche Trugbilder. Wieder sah sie in den Hof hinaus. Und wieder waren dort nur die vertrauten, wie festgenagelt erscheinenden Dinge.

„Ich fange an, Gespenster zu sehen" sagte sie im Tonfall eines Geständnisses zu Bennie.

„Wuff", meinte Bennie leise, als ob er ihr zustimmen würde.

Catherine ließ die Jalousie herunter.

Im nächsten Augenblick durchbrach das

Klingeln des Telefons mit brachialer Lautstärke den Raum.

Catherine verlor vor Schreck fast die Beherrschung.

Dann riß sie sich zusammen und lief durch das Zimmer, um den Hörer abzunehmen. „Hallo?“ sagte sie vorsichtig.

„Hallo, ich bin's“, sagte Franks Stimme.

„Oh, Frank“, meinte Catherine nach einem kleinen Seufzer.

„Was?“ fragte Frank, der ihre Unruhe sofort bemerkt hatte. „Ist etwas nicht in Ordnung?“

„Nein“, erwiderte Catherine. „Ich habe mich nur erschreckt, wegen der neuen Lampe.“

„Was war denn los?“ hakte Frank nach. „Bist du okay?“

„Mir geht's gut“, meinte Catherine nachdrücklich. „Es ging einfach an . . . war sicher nur eine Katze. Oder sonst was.“

„Denke auch, daß es nicht mehr war, Liebling. Wahrscheinlich liegt es an der Einstellung. Habt ihr alle Fenster und Türen verbarrikadiert?“

„Uns geht es gut, Frank“, betonte Catherine. „Wirklich. Wir wohnen doch in einer ausgesprochen sicheren Gegend.“

„Aber klar doch“, versicherte ihr Mann. Catherine hörte, wie jemand aus dem Hintergrund seinen Namen rief. Dann sagte er: „Bleibst du eine Sekunde dran?“

„Ja“, antwortete Catherine, die darauf wartete, daß ihr Herz sich wieder beruhigen würde.

Einen Augenblick später erklärte Frank: „Es hat sich was getan – ich muß los. Soll ich dich nachher noch mal anrufen?“

„Nein“, sagte Catherine.

„Bist du sicher? Es sind doch noch ein paar Stunden hin, bis du schlafen gehst.“

„Ja. Trotzdem. Frank?“

„Ja?“

„Hast du den *bösen Mann* schon gefangen?“

Eine oder zwei Sekunden vergingen. Dann sagte Frank: „Noch nicht. Aber bald.“

„Ich weiß“, erwiderte Catherine.

„Ich ruf dich morgen wieder an“, meinte er mit leicht besorgt klingender Stimme. „Sieh zu, daß du etwas Schlaf bekommst, ja?“

„Werde ich machen“, sagte sie. „Bis dann.“

Sie hängte ein und merkte, daß sie ihn sehr vermißte.

Bennie stand neben ihr und sah sorgenvoll zu ihr hoch.

5

Es war bereits 21.45 Uhr. Noch eine Viertelstunde, dann würden im Schlafsaal des *Unternehmens* die Lichter ausgehen. Dylan Fortner lag auf seinem kargen Bett. Seine Augen waren geschlossen und er versuchte, den Trubel zu ignorieren, der den langen, hohen Raum füllte.

Bis vor kurzem hatte sich Dylan immer auf diesen Teil des Tages gefreut. Es war der einzige Zeitabschnitt in seinem Tagesplan, der nicht irgendeiner anstrengenden Tätigkeit gewidmet war. Einer von drei Tätigkeiten, genauer gesagt: Das zermürbende Training bei den täglichen Drills. Die geistige Anstrengung bei den Unterrichtsstunden. Und natürlich die anstrengendste Tätigkeit von allen, die kraftraubende Arbeit mit den Nummern.

Es gab auch eine vierte, die sozusagen die drei anderen einschloß: Nackte Selbsterhaltung. Das, was man tun mußte, um hier zu überleben.

Alles in allem eine ziemliche Plackerei. Als Kontrastprogramm wurde ihnen lediglich eine Stunde Freizeit zugestanden, eben die Stunde von neun bis zehn. Eine Stunde, in der man machen konnte, was man wollte, bevor man sich ins Bett begab. Duschen, Comics lesen, einfach nachdenken, sonstwas. Nur kein TV. Klar. Was eigentlich bedeutungslos war, da sie um diese Zeit total geschafft waren. Niemand hier wollte fernsehen.

Dylan hörte sich das Geschwätz der anderen an, das Gebrabbel aus den benachbarten Betten, die wenigen Stimmen, die er aus dem Hintergrundlärm herausfiltern konnte. Nichts Neues, nur die üblichen Diskussionen, die er schon wörtlich oder zumindest dem Inhalt nach kannte. Lars Svendquist beschrieb die chirurgische Zerlegung eines Verbrennungsmotors. Nick Peary schwätzte wieder von dem Jazzkonzert, daß er während seines letzten Freigangs in der City besucht hatte. Dylan hatte alle Details dieses Ereignisses bereits fünf Mal über sich ergehen lassen. Mindestens. Und dasselbe galt prinzipiell für alle, deren Bett so nah an Nicks stand, daß sie ihn hören konnten. War noch niemandem aufgefallen, wie seltsam Nick sich verhielt?

Der Verdacht, daß er der einzige war, der sich daran störte, bereitete ihm Angst. Genau wie die Tatsache, daß er zunehmend in Panik geriet, wenn das Licht im Schlafsaal ausging. Dieses Gefühl kannte er erst seit ein paar Tagen. Seit dem letzten Streifzug durch die City.

Seit der Nacht, in der er Eedo Bolow zum letzten Mal gesehen hatte.

Dylan öffnete seine Augen und starrte die Stahlfedern des Bettes über ihm an. Dieses Bett war jetzt frei. Niemand lag darauf und las Magazine, riß Witze oder benutzte es als Podium für philosophische Exkurse über eine glorreiche Zukunft. Nichts von dem, was man hier in der Brabbelstunde zwischen neun und zehn zu tun pflegte.

Ein leeres Bett. Das von Eedo Bolow.

„Verdammter Idiot!“ knurrte Dylan die rostigen Federn an. Er rieb sich die Augen, dachte, was man in solchen Momenten halt denkt und haßte sich dafür: Es war reichlich überflüssig, Eedo die Verdammnis auf den Hals zu wünschen. Dafür war bereits in ausreichendem Maße gesorgt worden.

Dylan warf einen Blick auf seine Uhr. Neunuhrachtundvierzig. Noch zwölf Minuten.

Drei Typen kamen herein, alle neu dabei und weit unter zwanzig. Frisch geduscht und nackt bis auf ihre um die Hüften geschlungenen Handtücher. Dylan hatte keine Ahnung, wie sie hießen. Er fragte sich, wann man wohl jemandem das Bett über seinem Kopf zuweisen würde. Irgendeinem übereifrigen Rekruten, der von schnellen Autos träumte, von Reichtum und einer glorreichen Zukunft. Irgendein junger Kerl, mit einem brutalen Axthieb von seiner Vergangenheit abgetrennt und aus allem herausgerissen, was ihm vorher vertraut gewesen war. Wie ich, dachte Dylan. Wie die anderen hier. Und wie die anderen setzte er sich bereitwillig dem Risiko aus, es nicht zu schaffen. Zu versagen. Seine Gläubigkeit und seinen Gehorsam zu verlieren.

Den Respekt des Führers zu verlieren. Des allmächtigen Herrn des Unternehmens.

So war es Eedo ergangen. Und so könnte es auch mir ergehen, hämmerte es dumpf durch Dylans Kopf.

Neunuhrzweiundfünfzig. Dylan griff unter seine Matratze, um die Glasflasche hervorzuholen, in der er seine Pillen aufbewahrte. Er nahm sie so selten wie möglich ein, da es genau genommen verboten war. Doch in letzter Zeit hatten sie sich als äußerst vorteilhaft erwiesen, da sie für einen garantiert traumlosen Schlaf sorgten. Anders gesagt: Sieben geruhsame Stunden ohne Eedo Bolow.

Dylan fragte sich nur, was danach sein würde, am nächsten Tag.

Um Schlag fünf würde ihn die Klingel aus dem Schlaf reißen. Wie die anderen jungen Männer, die dann eine hektische Betriebsamkeit an den Tag legten, um ihre Trainingsanzüge anzuziehen. Morgens war es gar nicht so übel, eine rasante Schußfahrt mit Frühstück und knochenharten Drills. Genug Ablenkung, daß Eedos Gespenst nicht den Hauch einer Chance hatte.

Danach würde der Unterricht beginnen, der sich bis zum Lunch hinzog. Ebenfalls wunderbar, dieser Teil des Tages. Es ging dabei recht laut zu, phantastisch und inspirierend – Endzeitvisionen des Höllenfeuers, die keinen Raum für andere Gedanken ließen. Keine Chance für Eedo, sich dazwischen zu drängen.

Dann der Unterricht am Nachmittag: Geschichten von Reichtum und Macht! Die Schätze zerschmetterter Zivilisationen, die den Gerechten zufallen. Den Gesunden, den Reinen, den Jungen – in anderen Worten: den Brüdern aus dem *Unternehmen*. Wie sie das liebten! Dylan war da keine Ausnahme. *Fick dich selbst, Eedo, du bist nicht mit von der Partie. Kriegst nichts ab von den Schätzen und der Macht. Weil du nämlich tot bist. Ja ja. Tot!*

Und dann, direkt im Anschluß an *Reichtum & Macht*, die obligatorischen Duschen, eine wirklich angenehme Sache. Massenweise Shampoo und Seife und dicke, saubere Handtücher, die ganze Truppe in Bombenstimmung in dem von Dampfschwaden durchzogenen Raum, die Köpfe bis zum Bersten gefüllt mit glorreichen Bildern. Alle miteinander nackt, ein Symbol der Verbrüderung. Gestählte junge Körper, der lebendige Beweis (wenn die Notwendigkeit eines Beweises bestehen würde!), daß diese Jungs die einzig legitimen Erben des goldenen Vermächtnisses sind. Jede Einzelheit dieses Erlebnisses suggerierte, daß andere Leute, daß Außenseiter es nicht verdienten, an den Schätzen ihrer Zukunft teilzuhaben. *Tut mir leid, Eedo: Ist nichts mit Glanz und Gloria.*

Danach würde die Phase der Ernüchterung anfangen, in der sie eilig in frische T-Shirts und Jeans schlüpften, die Türen ihrer Spinde zuknallten, sich mit Deodorant besprühten und dabei nicht viel sagten. Sie ging in den wichtigsten Teil des Tages über, in die Sitzung im *Kontaktraum*. In die ruhmreiche Arena der Gläubigkeit und des Gehorsams:

Arbeite am Telefon. Beackere die *Nummern*.

Die Nummern, dachte Dylan nervös. Früher fand er das echt geil. Aber seit ein paar Tagen ... er hatte sich ab und zu dabei erwischt, wie er mit den Gedanken ganz woanders war. Nicht so konzentriert bei der Sache, wie er es sein sollte.

Anschließend, nach dem Abendbrot und den Videos, begann die Freistunde. Von neun bis zehn: Dylans neuer Tiefpunkt. Im Gegensatz zu den anderen Abschnitten des Tages gab es hier kaum Gelegenheiten, sich vor beängstigenden Grübeleien zu schützen. Kein roter Faden, kein wichtiges Hauptereignis, nichts zu tun. Und alles kam zurück.

„Verdammter Idiot!" zischte Dylan die Matratze über seinem Kopf an.

Neunuhrsechsundfünfzig. Zeit, sich eine Schlaftablette einzuwerfen und darauf zu warten, daß die Dumpfheit eintrat, die ihn davor bewahren würde, über das unheimliche Rätsel nachzudenken, das ihn nicht losließ:

Eedos Ohr.

Unfaßbar, daß es das Feuer überstanden hatte. Eigentlich hätte es sich in feine Asche verwandeln müssen, wie der gesamte Rest dieses Vollhirnis. Hatte es aber nicht. Wieso?

Diese Frage beschäftigte Dylan, seitdem er vorgestern mit zwei anderen die Überreste der sterblichen Hülle Eedo Bolows im Schutz des Morgengrauens in den Rosenbeeten des Auburn Memorial Parks verstreut hatte.

Im Verlauf dieses Rituals hatte Dylan in den plastikumhüllten Jutesack gegriffen, in der Erwartung, dort nichts vorzufinden als mehliges Pulver. Doch dann schloß sich seine Hand um etwas, das sich anfühlte wie eine Trockenfrucht. Er zog die Hand aus dem Sack, um es sich näher anzusehen. Die anderen beiden bekamen das nicht mit, weil sie bereits auf dem Sprung waren.

Dylan behielt den Vorfall für sich. Was durchaus triftige Gründe hatte. Hauptsächlich den, das es sich um das *linke* Ohr handelte.

Nicht das rechte, wohlgemerkt. Das linke.

Dylan hatte eine Theorie entwickelt, die diesem Umstand eine gewisse Bedeutung verlieh. Doch hatte er seine liebe Not, sich diese Theorie selbst begreiflich zu machen. War er dabei, durchzudrehen? Bildete er sich Dinge ein, und mußte er sich deshalb dieselben Albernheiten vorwerfen, die er immer an Eedo bekrittelt hatte? Oder hatte Eedo letztlich doch irgendwie recht behalten?

Der ganze Unsinn begründete sich auf einer Geschichte, die ihm Eedo vor ein paar Monaten erzählt hatte.

In Tschetschenien, dem Teil Rußlands, in dem Eedo geboren wurde und aufgewachsen war, spielte Religion eine große Rolle. Gott spielte eine große Rolle. Eedo hatte sich voll in diese Weltanschauung einspannen lassen. Er hatte sogar eine Weile in der örtlichen Kirche den Meßdiener gespielt und in Robe und Insignien beim Gottesdienst assistiert. Dafür hatte ihm der zuständige Bischof an einem Ostersonntag eine Halskette mit einem goldenen Kruzifix überreicht, was von der kleinen Gemeinde als überaus bedeutendes Ereignis aufgenommen wurde. Zwei oder drei Jahre lang lief Eedo mit dieser Kette, wie er später lächelnd zugab, „voll religiös“ herum.

Dann emigrierte seine Familie in die USA, wodurch sich einiges änderte. Bald interessierte Eedo sich nicht mehr für die Kirche, sondern für Dope, willige Girls und schnelle Autos. Sehr zum Mißfallen seiner Eltern, zumal die Cliquen, denen er sich anschloß, im Laufe der Zeit immer wilder wurden.

Entsprechend veränderte sich auch seine äußere Erscheinung. Irgendwann knipste er einfach das Kruzifix von der Kette ab und arbeitete es in einen Ohrring um, den er bis zu seinem einundzwanzigsten Geburtstag trug.

An seinem linken Ohr.

Als er sich dem Unternehmen anschloß, mußte Eedo sich von den Accessoires dieser wilden Phase verabschieden – vorbei war es mit den Ohrringen, Lederklamotten und dem verchromten Kettenzeugs. Das Unternehmen bevorzugte ein gradlinigeres Erscheinungsbild, das den mehr oder weniger paramilitärischen Zielsetzungen entsprach. Der Beitritt war durchaus mit einer Einberufung zu vergleichen: Runter mit den Haaren; vergiß, wer du bist; paß' dich an unsere Vorstellungen an. Eine Konvertierung, wenn man so will. Aber keine halbherzige, sondern eine vollständige: Ganz oder gar nicht. Und wenn es eine Sache gab, die man absolut nicht aus seinem früheren Leben mit herüberschleppen durfte, eine Sache, die noch verpönter war als Sex, gewalttätige Sauftouren und Kontakte mit Verwandten und ehemaligen Freunden, dann war es Religiosität.

Konventionelle Religiosität, versteht sich. Denn schließlich stellte das Unternehmen selbst eine Art Religionsgemeinschaft dar.

Somit gab es gleich mehrere Gründe, warum Eedos Ohrring verschwinden mußte. Was ihn nicht besonders störte, da er seinen Kurs entschlossen verfolgte: Wenn du schon konvertierst, dann auch richtig. Schluß, aus, Ende. Keine weiteren Fragen. Keine reuevollen Erinnerungen.

Und doch hatte Eedo einige Bemerkungen zu diesem Thema gemacht, die Dylan nicht so recht aus dem Kopf wollten. Es waren nur flüchtige Sätze, nichts ausgesprochen Bedeutsames. Trotzdem wünschte sich Dylan, daß er diese Bemerkungen niemals gehört hätte. Er war überzeugt davon, daß es an ihnen lag, daß er in letzter Zeit mit den *Nummern* nicht zurechtkam. Und dafür, daß die Stunde zwischen neun und zehn mit jedem Tag für ihn unerträglicher wurde.

Im Schlafsaal war es still. Dylan sah auf seine Uhr. Genau zehn. Am anderen Ende des Raumes ging Ralph von Bett zu Bett – Nachtappell, Anwesenheitskontrolle. Dylan bereitete sich darauf vor, indem er versuchte, jegliche Spur von Besorgnis aus seinem Gesicht zu bannen – Ralph widmete ihm in letzter Zeit besonders viel Aufmerksamkeit. Speziell dann, wenn sie im Kontaktraum saßen.

Glücklicherweise setzte nun die Wirkung der Tablette ein.

Ralph hielt an Dylans Bett an. „Alles okay?" fragte er.

„Feinstens", gab Dylan schläfrig zurück.

Ralph ging weiter. Dylan rutschte vom Außenrand des Bettes weg, während sich in seinem Kopf ein taubes Gefühl ausbreitete, das mit schlangenartigen Tentakeln in sein Bewußtsein hineinwucherte. *Ralph weiß, daß ich den Boden unter den Füßen verliere,* ging es durch seinen Kopf. *Was soll's – solange er nichts von dem Ohr erfährt . . .*

Allmählich beruhigte sich Dylan. Er schaffte es sogar, in den wenigen Minuten, bevor sein Geist sich vollständig leerte, über die Dinge nachzudenken, denen er sein Dilemma zu verdanken hatte.

Eedo und er waren dem Unternehmen zur selben Zeit beigetreten. Von Anfang an hatten sie sich ein Etagenbett geteilt, Eedo oben, Dylan unten. Gelegentlich, in ihrer Freistunde, hatten sie sich auch über den aufregenden und doch beängstigenden Mikrokosmos unterhalten, in dem sie gelandet waren. Diese Vertraulichkeit verlor sich schließlich, hatte jedoch für einige Zeit eine besondere Bindung zwischen ihnen bewirkt. In einer dieser Diskussionen hatte Eedo ihm von dem Kruzifix erzählt.

Eedo erzählte es deshalb, weil das Ohr seit einiger Zeit eine seltsame Eigenschaft entwickelt hatte. Es schien, als ob der Ohrring in gewisser Weise an seinen angestammten Platz zurückkehren würde – nach*wachsen* würde. Natürlich war das Unsinn. Aber das Gefühl war wirklich da.

Und es wurde stärker. Eedo führte das auf irgendeinen besonderen Effekt im Gehirn zurück, vergleichbar mit den Phantomschmerzen, die Amputierte manchmal haben. Er versuchte, es zu ignorieren, was ihm einige Wochen lang auch weitgehend gelang.

Aber dann fiel ihm etwas auf: Manchmal fühlte es sich wirklich an, als würde er den Ohrring wieder tragen – als ob er wirklich da wäre.

Kein Scheiß – das Gewicht des Goldes zog an seinem Ohrläppchen. Und Eedo war aufgefallen, daß dies nur unter ganz bestimmten Voraussetzungen passierte.

Das hatte ihm Angst eingejagt. Eine solche Angst, daß er es nicht für sich behalten konnte. Also erzählte er Dylan davon:

„Es passiert immer dann, wenn ich in der Nähe des Führers bin. Wenn er da ist, fühlt es sich wirklich echt an. Und wenn er mich ansieht, mit mir redet – dann tut es weh. Echt kein Scheiß, Dylan. Der verdammte Ohrring ist wirklich da, und es tut richtig weh."

Dylan nahm ihn nicht ernst. „Du bildest dir was ein", hatte er ihn ausgelacht, „machst dir selber ins Hemd! Vergiß es einfach, Mann!"

Aber nun war Dylan klar, daß man manche Dinge nicht einfach vergessen kann. Nicht, nachdem er das Ohr gefunden hatte. *Dieses* Ohr. Totaler Wahnsinn, daß es das Feuer überstanden hatte.

Vielleicht war es ein Vorzeichen? Aber für was?

Oder drehte er einfach durch?

Dylan lag in seinem Bett und dachte darüber nach, ohne jedoch die Furcht zu verspüren, die ihn im Kontaktraum oder in der Freistunde überkam. Die Taubheit in seinem Schädel breitete sich in kleinen Explosionen aus, die Bereiche hinterließen, in denen nichts mehr tickte und nichts mehr tackte.

Zu Dylans großer Erleichterung hatte er endlich das Stadium erreicht, in dem er so gut wie nichts mehr denken oder fühlen konnte.

6

Das forensische Labor des San Francisco Police Departments war in einer Reihe von Räumen des Justizgebäudes in der Innenstadt untergebracht. Der strategische Mittelpunkt des Traktes war das große Labor, in dem eine beeindrukkende Ansammlung fortschrittlichster technischer Geräte stand. Geräte, mit denen man die chemische Zusammensetzung quasi jedes beliebigen Objektes bestimmen und ihm das Geheimnis seine Herkunft anhand etwaiger Gebrauchsspuren entreißen konnte. Tagsüber arbeiteten hier erfahrene Techniker, deren Tätigkeiten ein ganzes Spektrum spezieller Hightech-Geräusche hervorriefen – die summenden, zischenden, jaulenden Kommentare und Erfolgsmeldungen neugieriger Maschinen. Nachts war das Labor dagegen meist ein Ort ausgesprochener Stille. Das war auch heute der Fall. Frank Black hockte mitten in einem der Räume an einem Schreibtisch. Es war 22.23 Uhr, und er starrte das Telefon an.

Seine Frau und seine Tochter gingen ihm nicht aus dem Kopf. Besser gesagt, er wollte nicht, daß sie ihm aus dem Kopf gingen. Wieso hatte Catherine sich so sehr wegen des Außenlichts gefürchtet? Es war schließlich nur Licht, nicht mehr. Hatte sie etwas gesehen oder gehört, das sie ihm verschwiegen hatte? Etwas Beunruhigendes – aber andererseits nicht beunruhigend genug, um es ihrem Mann zu erzählen? Eigentlich untypisch für Catherine; sie und Frank hatten nur wenige Geheimnisse voreinander. Trotzdem hatte Frank nun den Verdacht, daß Catherine ihm etwas verschwieg, weil sie es mehr auf eine Überreizung ihrer Nerven als auf ein wirkliches Ereignis zurückführte. Oder steckte doch etwas Reales dahinter – etwas, wovon Frank unbedingt wissen sollte –, und sie hatte es ihm nur nicht erzählt, weil sie davon ausging, daß sie es sich nur eingebildet hatte? Hatte sie es ihm verschwiegen, um ihn nicht durch einen falschen Alarm zu beunruhigen? Obwohl es in Wirklichkeit doch kein falscher Alarm war?

Reine Spekulationen, die sich im Kreis bewegen, dachte Frank. In einem endlosen Kreis, da es keine plausible Lösung gibt. Vielleicht hatte Jack Meredith den Bewegungsmelder aktiviert. Wie dem auch sei, Catherine hatte ja Bennie. Bennie würde sie und Jordan beschützen. Frank mußte grinsen: Bennie, der scharfe Wachhund.

Jemand klopfte an die Tür. Peter Watts, der an einem Leuchtpult saß und die Fotos aus dem Rosengarten des Auburn Parks durchsah, erhob sich, um die Tür zu öffnen. Ein Mann mittleren Alters schob einen mit versiegelten Kartons beladenen Palettenwagen herein. Frank stand auf und begrüßte ihn.

„Frank, das ist Jim Penseyres“, sagte Watts. „Er arbeitete für VICAP, nach deiner Zeit. Weiß nicht, ob ihr euch bereits kennt.“

„Nein. Hi!“ sagte Frank, und ergriff Penseyres Hand.

Penseyres hatte das volle, sympathische Gesicht eines Midwesterners. Ein ganz anderer Typ, der weder mit den asketischen Zügen Franks noch mit der schnauzbärtigen Mondänität eines Peter Watts etwas gemeinsam hatte. Frank erinnerte er an den jungen Gerald Ford – grundanständig und unauffällig. Trotzdem strahlte Penseyres eine gelassene, intellektuelle Autorität aus. Frank bezweifelte nicht im geringsten, daß er über diese Fähigkeit tatsächlich verfügte, und darüber hinaus sicher noch über eine Reihe anderer. Die Millennium Group war sehr wählerisch, was die Auswahl ihrer Mitglieder betraf.

„Was haben Sie herausgefunden?“ fragte Frank mit einem Seitenblick auf die Kartons.

„Die Grabungen am Tatort wurden vorzeitig abgebrochen“, erwiderte Penseyres, „weil es Probleme mit der Parkverwaltung gab. Aber ich glaube, daß wir trotzdem das meiste herausgekratzt haben, was zwischen den Rosen lag.“ Mit einem Messer zerschnitt er die Siegel auf den Kartons und schlug die Laschen auseinander. Darunter war feine, dunkelgraue Asche zu sehen.

„39 Pfund verkohlter menschlicher Überreste“, erläuterte Penseyres. „Grob geschätzt läuft das auf sieben Erwachsene hinaus. Schlecht zu datieren, aber da das Zeug in mehreren Schichten liegt, gehen wir davon aus, daß es dort nicht auf einmal hingekippt wurde.“

„Asche von sieben Menschen“, wiederholte Watts.

„Mindestens sieben“, erwiderte Penseyres. „Wie gesagt, es gab Ärger mit der Parkverwaltung. Anscheinend wurden sie von dem Interessenverband unter Druck gesetzt, der mitverantwortlich für den Park ist. Der Verband verlangt eine eingehende Untersuchung. Also liegen sie sich wegen der Jurisdiktion in den Haaren, und deshalb kommen wir nicht an das heran, was dort möglicherweise noch liegt.“

„Sonst noch was?“ fragte Frank.

„Die Asche ist sauber“, erwiderte Penseyres. „Damit meine ich homogen. Keine größeren Fragmente, außer dem Ohr. Das läßt auf ziemlich große Hitze schließen.“

„Ja“, sagte Frank, während er die Asche anstarrte. Ziemlich extrem, dachte er. So extrem, wie Hitze nur sein kann . . .

Das Gesicht hinter der Scheibe – Panisch aufgerissene Augen, rauchendes Haar – Rollt sich zu Locken auf, schmilzt – Eine Hand hämmert im Todeskrampf gegen die Scheibe – Letzte Zuckungen – Leblos rutscht die Hand an der Scheibe herunter –

Frank blinzelte und atmete aus. Penseyres und Watts sahen ihn interessiert an. Frank wandte sich an Penseyres: „Wie hoch war die Temperatur etwa?“

„Knochen verkohlen erst bei etwa 1400 Grad“, meinte Penseyres gleichmütig. „Aber das hier . . . 2100 Grad, vielleicht 2200.“

Frank nickte. Etwas störte ihn. Dann fiel es ihm ein. „Was ist mit dem Ohr?“

Penseyres zuckte seine Achseln. „Sollte nichts mehr von da sein.“

„Es ist aber da“, sagte Frank, mehr zu sich selbst als zu den anderen.

„Glücklicherweise“, sagte Penseyres zufrieden. Aus seiner Tasche zog er eine Beweismittelflasche aus Kunststoff hervor. In einer klaren Lösung lag das angebrannte, mittlerweile von der Asche gereinigte Ohr. „Keine Ahnung, wie es das überstehen konnte“ fuhr er fort. „Wir haben jedenfalls einen Abdruck gemacht und . . .“ Er wartete kurz ab, wobei seine Augen Zufriedenheit, aber auch Verwunderung zum Ausdruck brachten. „Und wir haben noch etwas gefunden. Ein zweiter Glücksfall, sozusagen.“

„Was?“ fragte Watts.

„Das Zellgewebe enthält Spuren von Lysergiksäure“, erzählte Penseyres leise. „LSD. Und Spuren von Phosgen, das ist ein relativ ungewöhnliches Gas, tritt bei Chemieunfällen auf. Meistens in chemischen Betrieben, die Tetrachlorkohlenwasserstoff verwenden.“

„Chemische Reinigungen“, sagte Frank.

Penseyres nickte. „Vor rund sieben Jahren gab es hier einen Chemieunfall in einer Großreinigung unten am Pier 23. Die Gebäude stehen jetzt leer.“

Frank warf Watts einen Blick zu. „Sollen wir es uns ansehen?“

Watts sah auf seine Uhr. „Ist bereits halb elf, Frank. Meinst du wirklich, daß das nicht bis morgen warten kann?“

Frank zuckte seine Achseln. „Wer weiß. Ich habe da so ein dummes Gefühl.“ Er nahm seine Jacke und ging zur Tür.

7

Frank fuhr, Watts saß auf dem Beifahrersitz. Ein beständiger Nieselregen verschluckte das Mondlicht und verwandelte die Nacht in einen dichten, undurchsichtigen Morast. Eine geradezu ideale Nacht, dachte Watts ironisch, um eine leerstehende chemische Reinigung zu besuchen.

Nach einer fünfzehnminütigen Fahrt, während der sie kaum ein Wort miteinander gewechselt hatten, erreichten sie das düstere Industriegebiet am Pier 23. Beide dachten über die Einzelheiten nach, die sie bis jetzt über diesen seltsamen Fall zusammengetragen hatten. Viel war es nicht, was sie wußten. Wenn man es ganz nüchtern betrachtete, gab es nicht einmal einen sicheren Anhaltspunkt dafür, daß es sich wirklich um einen Mordfall handelte, da diese Idee allein auf Franks Visionen beruhte. Aber weder Frank noch Watts zweifelten daran, daß sich ihnen hier eine der größten Herausforderungen stellte, denen sie in ihrem Berufsleben begegnet waren. Bei Frank waren es die erschütternden Visionen sinnloser Grausamkeit, die ihn davon überzeugten, daß es sich um einen besonderen Fall handelte. Bei Watts war es dagegen das Vertrauen in Franks unheimliche Gabe, aber auch die Tatsache, daß jemand pervertiert genug war, die Asche seiner Opfer an einer Gedenkstätte für im Dienst umgekommene Feuerwehrleute zu hinterlassen.

„Da ist es", meinte Frank, und zeigte auf ein verblichenes Schild an einem großen, zerfallenen Gebäude.

„ACME DRY CLEANING", las Watts vor. „Bügelfalten, die ewig halten."

„Es war einmal", frotzelte Frank. Er bog auf einen Zufahrtsweg ab, der in einen weit von der Durchfahrtsstraße entfernt liegenden Fabrikhof einmündete, dessen Belag in einem geradezu erbarmungswürdigen Zustand war. Karge Lagerhäuser, Zäune aus dickem Maschendraht und Laderampen grenzten den Hof zu den Seiten ab, die nicht von der Großreinigung eingenommen wurden. Die einzige Beleuchtung des öden Szenarios wurde von einigen Lampen gespendet, die abgewinkelt an der Front eines der Warenhäuser angebracht waren. Alle anderen Gebäude erweckten den Eindruck, als würden sie schon seit langer Zeit nicht mehr genutzt. Sie lagen im Dunkeln, als wären sie selbst Bestandteile der Nacht.

Frank stellte den Wagen mitten auf dem Hof ab und schaltete die Scheinwerfer aus. Nun war es noch dunkler. Der Regen trommelte auf den Wagen, den Bürgersteig und die verlassenen Gebäude.

Sie nahmen ihre Taschenlampen und stiegen aus dem Wagen. Die dünnen Lichtkegel kreuzten sich wie zwei Schwerter, als Frank und Watts die Fassade des Gebäudes begutachteten. Dann liefen die beiden darauf zu, die Schultern wegen des Regens hochgezogen.

Sie brauchten gar nicht erst nach einer Tür zu suchen, da ein großes Stück der Außenwand eingebrochen war. Frank wagte sich hinein, drehte sich dann wieder um und ließ den Strahl seiner Taschenlampe über den Boden wandern, den er soeben überschritten hatte. Der Lichtkegel verharrte kurz auf einer Bierflasche, die auf einer durchtränkten Seite einer alten Tageszeitung lag. „Können Sie sehen, welche Marke es ist?"

Watts kniff die Augen zusammen. „Anchor Steam, glaube ich. Hat das was zu heißen?"

„Wahrscheinlich nicht", antwortete Frank und drehte sich dann wieder um. Mit der Taschenlampe sondierte er, was nun vor ihm lag. Watts ließ den Strahl seiner Lampe über den Boden gleiten. Kein Zweifel, hier mußte es mächtig gerummst haben. Sah aus wie in einem Krisengebiet. Selbst nach sieben Jahren konnte man den Geruch verbrannten Holzes und ausgeglühten Metalls noch wahrnehmen.

Frank ging langsam weiter, ständig darauf bedacht, nicht in Pfützen oder Öllachen zu treten oder über die herumliegende Schuttbrocken und Maschinenteile zu stolpern. Dann stieß er auf die ersten Anzeichen menschlicher Aktivität, die jüngeren Datums waren. Einige nicht ganz frische Zigarettenstummel, ein befleckter Pullover, der aus irgendeinem Grund am Knauf einer Tür hing, die nirgendwohin führte. Der schwache Geruch von Urin. Sehr schwach. Falls hier Penner ihr Domizil aufgeschlagen hatten, dann mußten sie schon eine ganze Weile fort sein. Wände, teilweise zu Schutthügeln zerfallen. Stapel mit Rohren aus Plastik oder rostigem Eisen zeigten, daß jemand einen halbherzigen Versuch unternommen hatte, die Trümmer nach Wiederverwertbarem zu durchsuchen. Über Franks Kopf war der Regen zu hören, der durch zerbrochene Fenster in das Gebäude hereinwehte.

„Nicht gerade vielversprechend", meinte Watts, der die Hoffnung aufzugeben schien, daß sie hier auf eine weiterführende Spur stoßen würden.

„Nein", entgegnete Frank. Doch dann warf er seinen Kopf zurück, als ob er etwas bemerkt hatte. Er richtete seine Taschenlampe in das Dunkel und ging weiter.

Watts folgte ihm nach kurzem Zögern.

„Peter, wissen wir, wem dieses Gebäude gehört?"

„Der Stadt", antwortete Watts. „Die versuchen schon seit Jahren, es zu Geld zu machen. Findet sich aber keiner, der es kaufen will."

Sie gingen an einer Reihe verschmorter

Transformatoren vorbei. Unter ihren Füßen knirschte zerbrochenes Glas. Ein kleines Tier, eine Ratte oder auch nur eine Maus, huschte vor ihnen davon. „Da vorne ist Licht“, verkündete Frank. „Da, hinter der Ecke dort!“

Watts rutsche auf etwas aus und fluchte.

„Alles in Ordnung?“ fragte Frank besorgt.

„Habe nur meinen Schuh poliert“, murmelte Watts. „Mit echtem Fell – vermutlich eine tote Katze.“ Er sah in die Richtung, die Frank ihm angedeutet hatte. Tatsächlich war dort hinten ein trüber Lichtschein zu sehen, der bis zur Decke reichte. „Wieso brennt hier Licht?“ fragte sich Watts. „Kann doch nicht sein, daß diese Ruine hier immer noch am Stromnetz hängt?“

„Das Licht könnte auch von draußen kommen“, sagte Frank, bevor er weiter auf die vor ihnen liegende Trennwand zulief.

Dahinter befand sich ein großer, leere Raum. Etwa 15 Meter über dem Boden brannte eine nackte Glühbirne. In der Nähe rieselte aus einer unsichtbaren Quelle – vielleicht einem geplatzten Wasserrohr oder einem Loch im Dach – ein dünner Wasserfall in die allmählich schummriger werdende Tiefe, um sich in die mit blitzenden Glassplittern übersäten Pfützen zu ergießen. Rostfarbene Pfützen, bemerkte Frank. Eigenartig rötlich. Und überall lagen funkelnde Glassplitter.

Er schwenkte seine Lampe zur Decke, um die Quelle des Wasserstrahls ausfindig zu machen.

Der Sprühnebel dämpfte das Licht der Glühbirne und erzeugte eine Korona, die das Licht von Franks Taschenlampe nicht durchdringen konnte. Nahezu unmöglich zu erkennen, was oberhalb der Glühbirne war. Spinnwebenartige Laufstege in der Nähe der Decke. Eisenträger, Dachsparren, Traversen zur Befestigung von Maschinen . . .

Da oben in einer dunklen Ecke auf dem Laufsteg – war da etwas? Irgend jemand, oder irgend etwas, das ihn beobachtete?

„Ich weiß nicht, Frank“, sagte Watts gerade. „Kann mir nicht vorstellen, wieso die sich hier herumgetrieben haben sollten.“

Frank sah zu Boden, wo das Wasser in die rötlichen Pfützen fiel. Das leise Geräusch kleinerer Tropfen, das laute Platschen größerer. Dann verharrte sein Blick auf einer halb im Wasser liegenden Glasscherbe. Wie ein Spiegel reflektierte sie das Licht von oben und den schattenhaften Bereich dahinter. „Vielleicht war es hier, wo sie . . .“, Frank unterbrach sich, weil er etwas bemerkt hatte. Etwas *gesehen* hatte, eine Reflexion in der Scherbe.

Auf Schwingen stürzt es hinunter, das Gesicht hat nichts menschliches – Aufgerissene Kiefer – Klauen, die mit dämonischer Kraft zuschlagen – Sie zischen auf den verängstigten jungen Mann zu – Zerfleischen sein Gesicht – Reißen seine Lippen auf, seinen Mund –

Dann erinnerte sich Frank: Er hatte das

Gesicht schon einmal gesehen. Brennend, hinter einer Glasscheibe.

„Wo sie *was* . . .“ soufflierte Watts ihm.

„Wo er seine Opfer fertiggemacht hat“, sagte Frank. Er sah wieder nach oben, auf den Wasserstrahl und weiter oben auf die in die Schatten eintauchenden Laufstege. Er lauschte, wie die Tropfen fielen, lauschte dem Tröpfeln und Platschen des roten Wassers. *Blutiger Regen*, ging es durch seinen Kopf. Dann kam es auf einen Schlag:

Der total verängstigte junge Mann am Boden – Hilflos strampelnd in den roten Pfützen, es ist der Junge, der hinter der Glasscheibe verbrannte – Versucht verzweifelt das Monstrum abzuwehren – Das grauenhafte Ding schlägt die Krallen in sein Gesicht, seinen Mund – Höllenscharfe Reißzähne in einer höllischen Hundeschnauze – Nicht von dieser Welt – Roter Regen geht auf den Jungen hernieder, auf das Monstrum, ergießt sich in die Pfützen – Ein Höllenregen –

Das Licht von Franks Taschenlampe zuckte über den Boden. Er lief weiter, da er bemerkt hatte, daß dort irgend etwas war. Zu seiner Linken bemerkte er einen weißen Fleck. Etwas Kleines, Weißes. Da, noch mehr davon, in einer Pfütze verstreut.

„Peter“, sagte Frank, und lief auf die Pfütze zu. Er bückte sich, um es anzusehen. Watts kam hinzu.

Was sie sahen, waren die Zähne eines Menschen.

„Frisch gezogen, würde ich sagen", kommentierte Watts und deutet dabei auf einen durchscheinenden Hautfetzen, der auf der Pfütze schwamm. „Innerhalb der letzten paar Tage."

„Eine ziemlich effektive Methode, sein Opfer wehrlos zu machen", fuhr Watts fort. „Spielt mit ihm Zahnarzt ..." Ein dicker Tropfen zerplatze auf seinem kahlen Schädel. Mit einer Hand wischte er das Wasser herunter und betrachtete danach seine sepiafarben getönten Finger.

„Jesus", flüsterte er, „Verdünntes Blut?"

„Rost", entgegnete Frank. „Aber die Farbe erinnert an Blut." Er deutete auf den Sprühnebel zu ihren Füßen und fügte dann hinzu: „Das Opfer wurde ziemlich lange gequält. Der Killer hat es so gewollt, von vorne herein so geplant. Der Feuertod war nur das Finale."

Watts holte eine Flachpinzette aus einer Tasche seiner Jacke hervor und machte sich daran, die Zähne aufzusammeln und in eine Beweismitteltüte zu stecken. „Roter Regen an einem Ort, an dem es zu einer Feuerkatastrophe kam – ist das eine Art Ritual?"

Frank dachte an die Fledermausflügel. An das grauenhafte Maul mit den grauenhaften Reißzähnen. „Weiß nicht", entgegnete er. „Wenn es ein Ritual ist, dann habe ich noch nie davon gehört. Es ist unmenschlich, Peter."

„Ein Irrer?“ fragte Watts.

„Nein. Mit *unmenschlich* meine ich nicht verrückt. Es ist mehr als das. *Nicht menschlich.*“

Watts stand ächzend auf, er hatte die Zähne eingesammelt. „Die Jungs vom SFPD werden vor Freude in die Luft springen“, meinte er trocken.

Frank ging darauf nicht ein. Er hörte sich nur das Tröpfeln und Plätschern des Blutregens an.

„Möchtest du noch hierbleiben?“ fragte Watts.

„Nein“, sagte Frank. „Ich will hier raus, und zwar schleunigst.“

8

Um Punkt fünf gellte die Klingel durch den Schlafsaal. Wie ein Naturgesetz, unabwendbar wie der Sonnenaufgang selbst, verkündete das Geräusch schlagartig den Beginn eines neuen Tages. In weniger als sechs Sekunden riß es die jungen Männer aus dem Schlaf. Ein Tag wie jeder andere, alle waren hellwach, alle patschten mit nackten Füßen herum. Alle, bis auf eine Ausnahme. Was Ralph Colfax, der durch die Bettreihen patrouillierte, natürlich sofort bemerkte.

Aus irgendeinem Grund hatte die Klingel es nicht geschafft, sich in Dylan Fortners Bewußtsein zu drängen. Ralph griff nach seiner Schulter und schüttelte ihn durch. „Nun komm schon", sagte er so laut, daß einige Augenpaare aus der unmittelbaren Nähe irritiert herüberwanderten. Die Bewegungen verlangsamten sich, Hosen verharrten halb hochgezogen auf Kniehöhe, Hemdenknöpfe schwebten regungslos vor dem dazugehörigen Knopfloch. „Fortner!" brüllte Ralph scharf. Aus dem Hintergrund der Bettreihe ertönte Gemurmel, das langsam anschwoll, als auch die Männer in den benachbarten Reihen merkten, daß etwas nicht stimmte.

Ralph schlug mit der flachen Hand in das regungslose Gesicht. Dylans Lider schossen nach oben. Deutlich und ohne Zögern sagte er: „Das tut weh."

„Tut weh?" ätzte Ralph.

Dylan nickte nachdrücklich.

„Steh auf", befahl Ralph. „Sofort!"

Dylan richtete sich auf und folgte Ralphs Befehl. „Tut mir leid", murmelte er, während er seine Hose ergriff. „Ich – äh, ich hab' wohl geträumt."

„Sie mal, wie sie glotzen, Fortner", fuhr Ralph ihn an. „Wie sie *dich* anglotzen!"

„Ja. Tut mir leid."

„Was glaubst du wohl, was sie jetzt denken, Fortner?"

„Weiß nich'. Weiß echt nicht."

„Sie denken, daß du ein *Loser* bist, das denken sie. Das ist kein Traum, Fortner. Hast du das kapiert? *Kein* Traum!"

„Klar, Ralph. Hab's kapiert. Ist kein Traum."

Ralphs Gesicht kam näher heran. Dann sagte er ganz leise: „Was ist los mit dir?"

„Nichts", erwiderte Dylan. „Bin vollkommen okay. Echt. Kein Scheiß."

Von wegen okay: Nichts war okay. Nicht in Ralphs Augen, die ihn mit einem Blick ansahen, der unzweifelhaft Verachtung ausdrückte. Und auch nicht in Dylans Bauch, der sich vor Furcht zusammenzog. Oh Scheiße, durchfuhr es ihn. Nicht mal im Schlaf war er sicher. Er hatte geträumt, so intensiv geträumt, daß die Klingel nicht zu ihm vordringen konnte. So intensiv, daß er jedes Geräusch ausgesperrt hatte, als ob er sich in einem schalltoten Raum befinden würde.

Um elf Minuten nach acht saß Frank Black in einem Frühstückscafé und las den *Chronicle*. Der Fund im Rosengarten hatte es auf die erste Seite geschafft:

ASCHE VERBRANNTER LEICHEN
IM PARK GEFUNDEN
HINWEIS AUF EINEN MASSENMORD?
PARK-KOMITEE VERLANGT
EINGEHENDE UNTERSUCHUNG

Die Millennium Group wurde nicht erwähnt. Was nicht allzu überraschend war, da die Gruppe einige Anstrengungen unternahm, die Veröffentlichung ihrer Aktivitäten auf ein absolutes Mindestmaß zu reduzieren. Dabei wurden sie gewissermaßen von den Polizeibehörden unterstützt, da die Beamten sich nicht unbedingt zierten, die Lorbeeren für die Lösung komplexer Fälle selbst zu ernten, besonders dann, wenn eigenartige Talente wie Franks involviert waren. Schließlich wirkt es doch weitaus professioneller, wenn man behauptet, man habe einen Fall nach dem üblichen Strickmuster gelöst, und dezent verschweigt, daß man sich gezwungen sah, auf den Einsatz paranormaler Fähigkeiten zurückzugreifen.

Was Frank keineswegs störte. Je weniger die Öffentlichkeit über seine Aktivitäten wußte, desto sicherer war seine Familie. Catherine und er hatten bereits genug unangenehme Erfahrungen in dieser Richtung gemacht. Mehr als unangenehm – Frank mußte wieder an ihren unheimlichen Verfolger denken. An die Polaroids. An den Alptraum, der seiner Karriere beim FBI ein vorzeitiges Ende gesetzt hatte. Und beinahe auch seiner Ehe, dem Angelpunkt seines Lebens.

Er stand auf und ging zu dem Münztelefon herüber, um zuhause anzurufen. Jordan war dran. „Hallo?“ sagte sie mit einer morgenfrischen Stimme.

Frank lächelte. „Hier ist Detective Bello vom Zoo von Seattle“, knurrte er in einem ulkigen Tonfall, „Mir ist zu Ohren gekommen, daß eine gewisse junge Dame ihrem Hund streng geheime Tricks beibringt . . .“

„Daddy, Daddy, Daddy!“ krähte Jordan.

„Wie geht’s dir, Liebes?“ fragte Frank warmherzig.

„Wun-der-bar“, antwortete Jordan. „Wo bist du denn?“

„San Francisco, Schatz. Ist nicht weit.“

„Ist er auch da?“ fragte Jordan. „Der *böse Mann*?“

„Wer?“ fragte Frank, den diese Wendung

unvorbereitet traf. „Weißt du“, erklärte er seiner Tochter dann, „ich suche diesmal einen *guten* Mann. Einen Mann, der mir helfen kann.“

„Wobei helfen?“ fragte Jordan interessiert.

„Dabei, ein Geschenk für ein kleines Mädchen aus Seattle auszusuchen!“

„Oh!“ rief Jordan, um in einem etwas vorwurfsvollen Ton hinzuzufügen: „Kannst du das denn nicht allein machen?“

„Da hast du recht“, lachte Frank. „Kannst du mir Mami geben?“

„Ja“, sagte Jordan. „Daddy – wann kommst du nach Hause?“

„Morgen, hoffe ich. Tschüs dann, mein Schatz.“

„Also schon morgen?“ ertönte nun Catherines Stimme.

„Ja“, sagte Frank. „Vielleicht morgen. Ist alles okay?“

„Na klar“, sagte Catherine ruhig. „Das mit gestern nacht – ich glaube, daß ich mich nur noch nicht an den Bewegungsmelder gewöhnt habe. Frank, tut mir leid wegen ... ach, du weißt schon!“

„Jordans Frage wegen ...?“

„Mhm.“

„Nur um dich zu beruhigen“, erklärte Frank, „ich werde wirklich nach einem *guten* Mann suchen. Falls es soweit kommt.“

„Irgendwelche Fortschritte, Frank?“

„Ja, schon. Es tut sich was. Nicht so schnell,

wie ich es gerne hätte, aber es geht jedenfalls voran."

„Gut", sagte Catherine spürbar erleichtert, wobei Frank wußte, daß sie sich damit sowohl auf Jordans Angelegenheiten als auch auf seine bezog. „Nun, wir müssen uns jetzt mit dem Frühstück ranhalten, sonst kommen wir zu spät. Danke für den Anruf, Frank. Ich liebe dich."

„Ich auch!" rief Jordan aus dem Hintergrund.

„Und ich liebe euch beide", sagte Frank. Er hängte ein und ging zurück zu seinem Tisch. Zu seinem *Chronicle*, zu dem Bericht über den Fund im Park, zu seinem abgestandenen Kaffee. Frank leerte die Tasse und bestellte noch eine.

Um Punkt neun betrat er das forensische Labor. Peter Watts war bereits da und betrachtete etwas durch eine große Leuchtlupe.

„Frank", begrüßte Watts ihn.

„Morgen", erwiderte Frank. „Was gibt's Neues, Peter?"

Mit einer Handbewegung deutete Watts an, daß er einmal einen Blick durch die Lupe werfen solle. Unter ihr lag ein überkronter, etwas ausgebleichter Zahn.

„Ein Backenzahn", erklärte Watts, „genauer gesagt die Nummer *16*. Hat eine relativ neue Krone, neuer jedenfalls als die anderen." Er zeigte mit einer Zahnsonde auf die Stelle.

Frank betrachtete den Zahn und fragte dann: „Bereits irgendeine Idee, wie der Zahn entfernt wurde?"

„Den Kratzern im Zahnschmelz nach mit einem ziemlich primitiven Werkzeug aus Eisen“, antwortete Watts.

Frank nickte ernst.

„Die Füllung an der Ecke hier ist so ziemlich das beste, was man derzeit bekommen kann“, fuhr Watts fort. „Ganz im Gegensatz zu den anderen: Billigstes Amalgam, weit unter dem üblichen Standard. Was uns eine wichtige Erkenntnis liefert . . .“ Watts ging zu einem Leuchtpult hinüber, auf dem einige Ausschnittvergrößerungen von Röntgenbildern lagen.

„Sie wurden woanders gemacht“, sagte Frank, während er ebenfalls zu dem Leuchtpult ging.

Watts nickte. „Die beiden Wurzelbehandlungen hier wurden nach einem Verfahren durchgeführt, daß man *N2* nennt. Sehen hier auf dem Röntgenbild komplett anders aus.“

Frank betrachtete die Aufnahme. In der Mitte beider Zähne war eine graue Füllung zu sehen. Tatsächlich konnte er kleine Unterschiede in der Struktur erkennen.

„So etwas ist eigentlich typisch für Osteuropa und besonders für Rußland. Im Hinblick auf den ziemlich miserablen Gesamtzustand der Zähne würde ich auf letzteres tippen“, erklärte Watts.

„Wie sieht es mit dem Datenvergleich aus?“

„Penseyres ist dran“, erwiderte Watts, „mit Unterstützung vom Department.“

Die Tür ging auf. Penseyres kam herein und meinte: „Ich habe eine Überraschung für euch."

Frank und Watts kannten den Mann, der Penseyres durch die Tür folgte. Sein Name lautete Mike Atkins. Etwas älter als die anderen, etwas kleiner gebaut, aber in seiner Ausstrahlung nicht weniger prägnant. Als sein Blick über die Anwesenden und durch den Raum ging, schien sich die sterile Atmosphäre des Labors plötzlich aufzuladen. Watts und Frank begrüßten ihn herzlich lächelnd.

„Sieh mal an, wer da vom Olymp heruntergeklettert ist", meinte Watts, während er Atkins' Hand schüttelte. „Was machst du hier, Mike?"

„Habe dreimal an drei Tagen hintereinander denselben Fisch an der Angel gehabt", frotzelte Atkins, „so'n dickes, braunes Mistvieh. Fünf, vielleicht fünfeinhalb Pfund. Und da habe ich gedacht, der Fisch und ich könnten beide einen Tag Urlaub vertragen."

Atkins' Millennium-Kollegen zeigten sich amüsiert. Er streckte Frank seine Hand entgegen. Ein fester, sicherer Händedruck. „Hey, Mike", sagte Frank bewegt.

„Gut, dich hier zu sehen", sagte Atkins. „Prima, daß du so schnell rübergekommen bist."

„Das ist vielleicht ein Fall", bemerkte Frank. Atkins und er sahen sich immer noch an.

„Ja", meinte Atkins. Dann war es für einen kurzen Moment ganz still.

Penseyres räusperte sich und meinte: „Wir brauchen Schützenhilfe bei den Zahnbefunden."

„Frank", meinte Atkins, „hast du eine Sekunde Zeit?"

„Klar", entgegnete Frank.

Die beiden verließen den Raum.

9

Frank Black und Mike Atkins verließen das Justizgebäude und gingen den Bürgersteig hinunter. In der nahegelegenen Schule war gerade große Pause, und sie mußten sich zwischen einer Horde aufgekratzter Schulkinder hindurchschlängeln. Keiner von beiden sah es als notwendig an, direkt ein Gespräch anzufangen. Frank wußte genau, was Atkins wollte. Nur über die Details war er sich nicht im Klaren – er erwartete sie mit einer Mischung von Interesse und Furcht.

Atkins hielt in der Nähe einer überdachten öffentlichen Trinkfontäne an. Aus seiner Jacke zog er einen Briefumschlag hervor. Einen Augenblick lang starrte er in das Gewimmel auf der Straße. Dann sah er Frank fest in die Augen und sagte: „Ich habe niemandem etwas davon erzählt, genau wie du wolltest. Ich wollte dir nur sagen, daß es mich schon ziemlich mitgenommen hat, als ich den Briefumschlag geöffnet habe und sah, was drin war. Unvorstellbar – es muß ziemlich schlimm für dich gewesen sein!“

„Allerdings“, sagte Frank. Er nahm Atkins den Umschlag ab, öffnete die lose Lasche und zog einen Stapel mit Polaroids heraus. Er überflog sie rasch, auf allen waren Catherine und Jordan zu sehen. Auf dem Parkplatz eines Supermarktes, während sie den Wagen mit braunen Papiertüten beluden. Vor Jordans Kindergarten, einmal beim Hinbringen, dann beim Abholen. Die beiden vor dem gelben Haus.

„Finde ich schon toll, daß du mir soviel Vertrauen entgegenbringst", sagte Atkins.

Frank stieß einen fast unhörbaren Seufzer aus. „Wenn du nicht gewesen wärst, Mike, wäre ich möglicherweise gar nicht in der Lage gewesen, wieder in diesem Job zu arbeiten. Für die *Group* zu arbeiten."

Atkins nickte und nahm jede Nuance des Ausdrucks in Franks Gesicht in sich auf. „Weiß Catherine überhaupt, daß es diese neuen Fotos gibt?"

Frank schüttelte seinen Kopf. „Normalerweise enthalte ich ihr ja nichts vor..." Er unterbrach sich, da er nicht wußte, wie er es formulieren sollte. „Wir haben uns ja noch nicht einmal richtig eingelebt", sagte er dann.

„Was vermutlich kein Fehler ist", überlegte Atkins.

„Ist das jetzt deine Prognose zur Situation?" fragte Frank.

„Es besteht nur ein relativ geringes Risiko", meinte Atkins leise und überzeugend, „daß der Täter von der Fotografiererei zu gewalttätigeren Mitteln übergeht. Schließlich ist es drei Jahre her, daß er sich zum ersten Mal gemeldet hat –

und er geht immer noch auf Distanz. Er will nicht entdeckt werden."

„Obwohl er uns nach Seattle gefolgt ist", warf Frank ein.

„Ich würde mir weitaus mehr Sorgen machen", sagte Atkins, „wenn ich davon überzeugt wäre, daß es ihm wirklich um Catherine oder deine Tochter geht!"

„Was meinst du damit?" fragte Frank überrascht.

„Er schickt *dir* die Fotos, Frank. Auf dem Umschlag steht *dein* Name."

Frank starrte Atkins mit erhobenen Augenbrauen an.

„Was ist das Ziel eines Terroristen?" fragte Atkins, der genau wußte, welche Antwort Frank geben würde.

„Terror zu erzeugen", sagte Frank.

„Und das ist alles, worum es ihm im Moment geht."

„Wenn es so ist," erklärte Frank, „dann macht er seine Sache verdammt gut! Hast du noch etwas herausbekommen, Mike?"

Atkins schüttelte seinen Kopf. „Der Film wurde im Bundesstaat Washington gekauft. Darüber hinaus gibt es nichts; er ist vorsichtig genug, keine Spuren auf dem Film oder auf der Packung zu hinterlassen."

Franks Schultern senkten sich etwas, was Atkins keineswegs entging. Er sah ihn an. Dann fragte Frank forschend: „Und du bist den ganzen weiten Weg hierher gekommen, nur um mir das zu sagen, nur um meine Befürchtungen zu bestätigen, Mike?"

„Es wäre vielleicht das Beste für dich" sagte Atkins ehrlich und ohne jede Zurückhaltung, „wenn du jetzt nach Hause fliegst, um bei deiner Familie zu sein, Frank. Aber wir brauchen dich hier. Wir brauchen deine Fähigkeiten. Ich habe da so eine Vorahnung – das ist ein verdammt schlimmer Fall." Atkins hob sein Kinn. „Und ich weiß, daß es dir nicht anders geht!"

Franks Blick wurde unsicher. „Ich glaube nicht, daß ich schon mal mit einem auch nur annähernd vergleichbaren Fall zu tun hatte."

Atkins hob seinen Kopf. „Das", sagte er dann betont, „entspricht exakt meiner Auffassung."

Frank beobachtete, wie ein junges Mädchen ihren Durst an der Fontäne stillte. Dann fiel es ihm wie Schuppen von den Augen: Klar, Mike war nach San Francisco gekommen, um ihm den Rücken zu stärken. Aber das war beileibe nicht der einzige Grund. Atkins war auch im Auftrag der Millennium Group gekommen, um deren Ressourcen zu sichern. Namentlich Frank Black. Atkins war besorgt, daß sie Frank verlieren könnten. Ihn an die lähmenden und ihn in den Wahnsinn treibenden Wellen von Gefühlen zu verlieren, die der erste Briefumschlag mit Polaroids ausgelöst hatte, der Franks neue Karriere um ein Haar beendet hätte. Das kleine Mädchen stand weiter an der Fontäne und trank in tiefen Zügen. Irgend etwas an diesem Bild überzeugte Frank auf eine absolut einleuchtende Weise davon, daß er nicht in die Leere der Hilflosigkeit zurückkehren konnte, in die er sich vor drei Jahren verkrochen hatte. Da draußen gab es eine ganze Welt, die Schutz brauchte – eine vom Terror in die Enge getriebenen Lebensweise, deren Bedeutung den Mikrokosmos seines Familienlebens in den Schatten stellte.

Atkins war hierher gekommen, um ihn daran zu erinnern. Und dafür war ihm Frank mehr als dankbar. „Danke, Mike", sagte er leise.

Atkins hob die Schultern. „Erzähl mir, was du herausgefunden hast, Frank. Penseyres hat mich soweit in die Details eingeweiht, wie er sie sieht. Aber ich würde gerne hören, was du darüber weißt."

Frank nahm einen tiefen Atemzug. Dann erklärte er Atkins, was er bis jetzt *gesehen* hatte.

Frank und Watts saßen beim Lunch in einem thailändischen Restaurants, das nur zwei Blocks vom Justizgebäude entfernt lag. Sie hatten auf dem Polizeirevier eine Nachricht über ihren Verbleib hinterlassen, für den Fall, daß es in den Ermittlungen einen bahnbrechenden Fortschritt geben würde. Jim Penseyres war währenddessen damit beschäftigt, Kontakte zur russischen Diaspora San Franciscos aufzubauen. Ursprünglich wollten Frank und Watts auch Mike Atkins mitnehmen, der sich jedoch damit entschuldigt hatte, daß er in einer anderen Sache für die Millennium Group zu tun hatte.

Watts löffelte an seiner süßsauren Krabbensuppe und meinte: „Hast du eine Idee, woran Mike da arbeitet?“

„Er hat nichts darüber erwähnt“, antwortete Frank. „Und deshalb habe ich ihn auch nicht weiter gefragt.“

Für etwa eine Minute widmeten sich beide ihrer Suppe und schwiegen.

Dann sagte Watts: „Frank, was hältst du davon, beim Police Department einen Lauschposten draußen bei Acme Dry Cleaning zu beantragen? Vielleicht können wir unseren Zahnarzt ja auf frischer Tat ertappen?“

„Prinzipiell wäre das eine gute Idee“, meinte Frank, „wenn die Umstände weniger komplex wären. Aber hier... ich glaube, daß unser Zahnarzt ziemlich verschlagen ist. Daß er bemerken würde, wenn wir da einen Lauschposten einrichten, und einen großen Bogen um die Gegend macht.“ Frank schluckte den Rest seiner Suppe herunter und fischte mit dem Löffel nach einer Krabbe, die am Rand der Suppentasse klebte. „Trotzdem könntest du recht haben: Es ist denkbar, daß er wieder bei Acme zuschlägt. Wir sollten das auf jeden Fall im Auge behalten.“

„Hast du dir diesbezüglich schon eine Strategie überlegt?“ fragte Watts.

Frank schüttelte den Kopf. „Noch nicht. Wir wissen noch zu wenig, Peter. Wird Zeit, daß wir etwas wirklich Handfestes bekommen.“

Watts bemerkte, daß Penseyres das Restaurant betrat und auf ihren Tisch zueilte. „Vielleicht haben wir gleich etwas Handfestes“, entgegnete er optimistisch.

Penseyres nahm sich nicht die Zeit, sich hinzusetzen. Er sagte keinen Ton. Statt dessen knallte er einen laminierten Ausweis auf den Tisch.

Frank hob den Ausweis auf und sah ihn an. Es war ein Schülerausweis vom Petulama State College, das farbige Portraitfoto zeigte einen etwas mißmutig wirkenden jungen Mann. Frank hob die Brauen und wirkte noch hagerer als sonst. „Das ist er“, murmelte er, „das Opfer.“

Penseyres sagte aufgeregt, aber leise: „Jawohl.“

„Eedo Bolow“, las Frank vor. Dann wandte er sich an Watts. „Hört sich russisch an, Peter. Ich glaube, wir haben ihn.“

Watts legte seinen Löffel aus der Hand. „Hast du noch mehr?“ fragte er Penseyres.

Penseyres nickte, worauf Watts den Kellner herbeiwinkte.

Der Lunch war beendet.

10

Der Mietwagen glitt durch den Mittagsverkehr. Watts saß am Steuer, Frank auf dem Beifahrersitz, wo er einen Ordner mit Vernehmungsprotokollen und handgeschriebenen Aussagen durchblätterte. Penseyres, der im Fond hockte, erklärte: „Das Gebiß paßte zu einer sechs Monate alten Vermißtenmeldung, die die Eltern des Jungen eingereicht haben."

„Mutter und Vater sind Naturalisierte", faßte Frank anhand der Unterlagen zusammen. „1990 aus Tschetschenien eingewandert, ihr Sohn war damals 15. Hat es schnell zu einer recht beachtlichen Polizeiakte gebracht: Einbruchdiebstahl, leichte Körperverletzung, Waffenbesitz. Die Eltern wohnen auf der Liberty Avenue 13235."

„*Liberty* – gib mir die große Freiheit, oder den Tod", kommentierte Watts sardonisch.

Frank drehte sich zu Penseyres um und fragte: „Wurden die Eltern schon verständigt?"

Penseyres nickte. „Die vom Police Departement sind gerade da."

Elf Minuten später parkte Watts den Wagen hinter zwei am Straßenrand abgestellten schwarzweißen Polizeifahrzeugen ein. Hinter einem kleinen Vorgarten stand ein rustikal angelegter Bungalow. Die Haustür war weit geöffnet, davor patrouillierte ein uniformierter Polizist. Zwei seiner Kollegen waren im Eingangsflur postiert.

Frank, Watts und Penseyres gingen auf den Uniformierten zu und begrüßten ihn knapp. Während Penseyres noch stehenblieb, um irgend etwas mit dem Mann zu besprechen, betraten Frank und Watts bereits das Haus.

Die beiden Polizisten zeigten ihnen den Weg zum Eßzimmer. Am Eßtisch saß ein untersetzter Mann Anfang fünfzig, einfach, aber gepflegt gekleidet. Sein rundes Gesicht strahlte Trauer, Verwirrung und tiefes Mißtrauen aus.

„Mr. Bolow?" fragte Frank.

„Ja", antwortete der Mann in einem merklichen Akzent.

„Ich bin Frank Black und das hier ist Peter Watts."

Mr. Bolow nickte freudlos.

„Das mit Ihrem Sohn tut uns leid", sagte Frank höflich.

Mr. Bolow verzog keine Miene.

„Wir versuchen herausfinden, was genau mit ihm passiert ist", ergänzte Watts.

Traurig und mit zweifelndem Blick meinte Bolow: „Sechs Monate lang suchen Sie vergeblich nach Eedo – und jetzt wollen Sie, daß ich Ihnen helfe?"

„Wir sind nicht von der Polizei, Mr. Bolow", erklärte Frank in einem sanften und doch energischen Tonfall, der selten seine Wirkung verfehlte. „Wir glauben, daß Ihr Sohn nur eines von mehreren Opfern ist."

Bolow stieß einen lauten Seufzer aus. Ein explosives Geräusch, als ob er mühselig einen Fluch unterdrückte. Oder seine Tränen. „Er wollte einfach nicht auf uns hören", erklärte er mit verzweifelter Wut. „Eedo hatte seine eigene Vorstellung vom Leben. Diese Freunde von ihm, die sind dafür verantwortlich!"

„Welche Freunde?" fragte Watts.

„Die mit den deutschen Autos rumfahren!", antwortete Bolow, dessen Stimme nun einen verächtlichen, haßerfüllten Ausdruck annahm. „Hat über nichts anderes mehr geredet, nur über diese Autos. Und eines Tages kam Eedo nach Hause, und hatte auch so ein Auto . . ."

„Wissen Sie, wo er gearbeitet hat?" fragte Frank.

„Er hat gemeint, er könnte es uns nicht sagen", brach es aus Bolow heraus. „Hat gesagt, daß er bald reich sein wird!" Er sah Frank verbittert und traurig an. „Und deshalb sind wir nach Amerika gekommen, ja?"

Watts räusperte sich und fragte: „Haben sie in letzter Zeit noch einmal von ihm gehört?"

Bolows Blick wurde für einen Augenblick starr. Er zögerte und sagte dann: „Vor sechs Monaten hat er uns einen Brief geschickt. Einen *schrecklichen* Brief. Deshalb haben wir die Polizei verständigt." Er stand auf, stützte sich auf die Lehne des Stuhls, seine Finger so sehr verkrampft, daß sie weiß wurden. „Mein Frau", fuhr mit einem vorsichtigen Blick in den Flur fort, „wollte den Brief verbrennen, so sehr hat sie sich geschämt."

Bolow betrat unsicher den Flur. Jemand stand dort in einer Tür, wer es war, konnte Frank nicht sehen. Aber es mußte Bolows Frau sein, das war ihm klar. Sie flüsterten. Ganz kurz war ein gepeinigtes Gesicht zu sehen, das Frank und Watts beobachtete. Mißtrauische, neugierige, verzweifelte Blicke. Wieder Flüstern. Zwanzig Sekunden vergingen. Dann drückte Mrs. Bolow ihrem Mann etwas in die Hand.

Bolow kehrte leicht schwankend zu Frank und Watts zurück. In seiner Hand hielt er einen Briefumschlag, aus dem er nun ein einzelnes Blatt hervorholte, um es Frank in die Hand zu drücken. „Es ist russisch", erklärte er. „Wenn ich es Ihnen übersetzen soll . . ."

„Wir möchten Ihnen das gerne ersparen", entgegnete Frank. „Vielen Dank jedenfalls, daß Sie uns den Brief gegeben haben."

„Mr. Bolow", meinte Watts, „es würde uns vielleicht weiterhelfen, wenn wir auch einen Blick auf den Umschlag werfen könnten."

Bolow blinzelte, vermutlich war er verwirrt. Er reichte Watts den Umschlag. „Danke, Sir." sagte Watts.

„Vielen Dank", meinte auch Frank. „Bitte teilen Sie auch Ihrer Frau mit, daß wir zutiefst bedauern, was mit Eedo passiert ist."

Eine Stunde war vergangen. In einem abgedunkelten Konferenzraum abseits des forensischen Labors schaltete Peter Watts gerade einen Overhead-Projektor ein. Auf der Leinwand erschienen kyrillische Buchstaben, von einer ungelenken Hand hingekritzelt. Eedos Brief. Watts ging auf die Leinwand zu und ordnete dabei seine Notizen. Dann drehte er sich um und wandte sich Frank und Mike Atkins zu, die dort mit dem Gesicht zur Leinwand saßen und erwartungsvoll der Dinge harrten, die da kommen mochten.

„Die Begrüßungsfloskel wendet sich an seine Mutter“, erklärte Watts. „Er sagt sich von ihr los, will alle Bindungen lösen, die ihn daran hindern könnten, es zu etwas . . . Höherem zu bringen.“ Watts hielt kurz inne, um das zu betonen, was nun folgte: „Er sagt, daß seine Herkunft und sein weltlicher Besitz in einem heiligen Feuerritual verbrannt wurden, als Opfer für seinen neuen Glauben.“

„Eine Einweihung in einen Kult“, warf Atkins mit rauher Stimme ein.

Watts nickte. „Er sagt auch was von Treue und Pflichterfüllung. Und darüber, daß er in den Flammen der *Gehenna* verbrennen wird, wenn er sich selbst und seine neuen Brüder entehrt.“

Frank erstarrte. „Gehenna?“

„Hebräisch für Hölle“, erläuterte Atkins.

Watts beeilte sich, den Rest durchzugehen.

„Er sagt, daß er den *Allmächtigen* im Schauer des roten Regens gesehen hat und nichts fürchtet außer seinem Zorn und seiner Rache."

Frank dachte an den von der Decke tröpfelnden Wasserfall bei Acme Dry Cleaning. An das Geräusch, mit dem die Tropfen in die roten Pfützen klatschten ...

Das heranrasende Maul, die Reißzähne, die nach Eedo Bolows blutbesudeltem Gesicht schnappen –

„Das Ende ist nah", übersetzte Watts weiter. „Die Nummern wurden falsch berechnet. Es heißt, daß 24 mal 15 gleich 360 ist. Doch richtig ist ..."

„Zweihundert-achtundsechzig-komma-eins," fiel Atkins ihm ins Wort.

Frank und Watts starrten Atkins überrascht an. Der weißhaarige Mann atmete tief ein und stieß die Luft anschließend langsam wieder aus. Dann meinte er etwas hochnäsig: „Die Große Pyramide von Gizeh weist einen beabsichtigten Konstruktionsfehler auf. Eine Ungenauigkeit in der Architektur, die von einigen Propheten als Verweis auf einen Fehler in unserer Berechnung des Kalenderjahres interpretiert wird." Atkins lächelte grimmig. „Einige Leute glauben, daß uns deshalb 1998 die Apokalypse ins Haus steht."

„Dann erzählt das mal schön eurem Anlageberater", sagte jemand, der gerade in den Raum eintrat.

Sie drehten sich um. Es war Jim Penseyres, der in der Hand eine Beweismitteltüte hielt, in der die leere Anchor Steam-Flasche steckte, die Frank und Watts bei Acme Dry Cleaning gefunden hatten.

Watts kam langsam zum Ende: „Er sagt, daß die Schwachen und Unfähigen verdammt seien. Er lebt jetzt in einer neuen Familie und muß sich von seinen Eltern lossagen, und auch von seinem alten Glauben, da es für ihn nur noch die Macht des *Unternehmens* gibt." Watts schaltete den Projektor aus und warf eine abschließende Bemerkung in die Dunkelheit hinein: „Und: Die Macht des *Unternehmens* wird verkörpert durch die Herzen derer, die glauben."

„Und", fügte Frank hinzu, „durch die Asche der Toten."

Penseyres betätigte den Lichtschalter. Der Raum wurde hell.

„Irgend jemand hat dem Jungen wirklich den Kopf verdreht", erklärte Watts.

Atkins rückte seinen Stuhl so herum, daß er Frank direkt gegenübersaß. „Ich bin mir nicht sicher, ob er das geschrieben hat, weil er wirklich daran glaubte."

„Ich vermute", stimmte Frank zu, „daß er das geschrieben hat, weil er Angst hatte."

„Oder man hat ihn dazu gezwungen", schlug Watts vor.

Atkins schüttelte den Kopf. „Zuviele intransitive Verben."

„Er schreibt ungemein bildhaft“, murmelte Frank. „Extrem ausdrucksstark. Sehr involviert.“

„Die Verwendung des Wortes *Gehenna* ist reichlich ungewöhnlich“, sagte Atkins mit nachdenklichem Gesicht. „Eigentlich ist der Begriff antiquiert; taucht allenfalls noch in einigen Übersetzungen des Alten Testaments auf.“ Er sah Frank an und fügte hinzu: „Irgend jemand hat den Jungen vollkommen in seiner Gewalt gehabt, das ist sicher.“

„Oder irgend *etwas*“, meinte Frank, ohne jemanden anzusehen.

Die anderen tauschten erstaunte Blicke aus.

„Kannst du das etwas ausführen?“ fragte Watts.

Frank wich einer direkten Antwort aus. „Wir haben es mit einem Kult zu tun. Gruppenbeeinflussung, Manipulation, Indoktrination. Labile Menschen, die aus ihrer Familie herausgerissen wurden, aus ihrer Vergangenheit, ihrem Umfeld. Also wurde Eedo Bolow nicht einfach von einer einzelnen Person manipuliert. Es handelt sich um eine Organisation.“

„Aber Kulte haben doch immer einen Anführer“, erwiderte Penseyres und zeigte auf Eedos Brief. „Einen Jim Jones, einen David Koresh. Der Junge hat doch etwas von einem ‚Allmächtigen‘ erzählt.“

„Im Schauer des roten Regens‘“, fügte Watts hinzu. „Erinnert dich das an irgendwas, Frank?“

Frank nickte. Natürlich tat es das. Er sah kurz Mike Atkins an und sagte: „Zu dem Anführer kann ich nichts sagen. Aber ich wäre keineswegs überrascht, wenn dieser Kult seinen Mitgliedern eine Art Uniformität im Aussehen vorschreibt – kurze Haare, um ein Beispiel zu nennen. Und wir sollten damit rechnen, daß sie möglicherweise über beachtliche Ressourcen verfügen."

„Was willst du damit andeuten?" fragte Watts.

Frank schüttelte nachdrücklich den Kopf. Er war nicht dazu bereit, Spekulationen abzugeben, die über das hinausgingen, was er bis jetzt gesagt hatte.

11

Dylan hörte bei der Nachmittagslektion kaum zu, obwohl der Gastdozent eine außergewöhnlich beeindruckende Schilderung des zu erwartenden Glanzes und Glorienscheines von sich gab, dessen Darstellung dieser Teil des Tages gewidmet war. Der feurige Vortrag wurde vom Publikum mit großer Aufmerksamkeit verfolgt. Dylan bildete die einzige Ausnahme.

Beim Lunch hatte er zufällig mitbekommen, wie Ralph Colfax Lars erzählt hatte, daß für heute abend ein Streifzug durch die Stadt geplant sei. Dylan war sich darüber im klaren, daß es zwei mögliche Gründe für ein solches Vorhaben gab. Einerseits war denkbar, daß Ralph wirklich nur ein wenig Dampf ablassen wollte. Aber genauso gut konnte es sein, daß es darum ging, jemanden aus dem Weg zu schaffen.

Ein LSD-seliges Rendezvous mit dem *Allmächtigen*, jawohl. Unten in der verlassenen Fabrik am Pier.

Dylan war davon überzeugt, daß es eher um dieses Szenario ging. Nächtliche Streifzüge waren äußerst selten angesagt und wurden strategisch geplant. Außerdem war es erst ein paar Tage her, daß Ralph und Lars sich bis in die Puppen beim Bowling vergnügt hatten. Und zwar in der Nacht, in der Dylan mitgeholfen hatte, die nicht ganz perfekt eingeäscherten sterblichen Überreste Eedos zu beseitigen. Bezeichnend war auch, daß Ralph sich betont vage über seine Pläne geäußert hatte, als ob noch vollkommen offen sei, was genau man unternehmen würde. Was wiederum nicht sein konnte, da es vollkommen der Genehmigungsprozedur für solche Ausflüge widersprach.

Dementsprechend quälte Dylan sich mit der alles entscheidenden Frage herum: Wer würde es sein? Wer war dazu auserwählt worden, heute abend zu sterben?

Möglicherweise wußte selbst Ralph nicht, um wen es ging. Im *Unternehmen* gingen viele geheime Dinge vor sich, und das größte Geheimnis von allen drehte sich eben um die Entscheidung, einen in Ungnade Gefallenen zu beseitigen, ihn *auszulöschen*. Unvorhersehbar – die meisten von ihnen ahnten so gut wie nichts. Zum Beispiel Eedo. Wie alle Rekruten wußte er, daß es den roten Regen und das grauenhafte Maul gab, die Hundeschnauze des *Allmächtigen*. Aber bevor er ausgelöscht wurde, hatte er nicht geahnt, wie wirklich diese Dinge waren. Nie zuvor war er in der verlassenen Fabrik gewesen, hatte das von der Decke fallende Wasser gesehen. Und nie zuvor war ihm die höchste Ehre zuteil geworden, die gleichzeitig den größten Horror darstellte – das wirkliche Gesicht der Allmacht. Ohne Maske.

Eedo hatte nicht einmal gewußt, welche symbolische Bedeutung es hatte, daß sie sich vorher im Auburn Park Acid besorgt hatten. So ein Trottel. War in den Tod gegangen, ohne auch nur den Schimmer einer Ahnung zu haben.

Nur die Zuverlässigsten unter den Bevorzugten wurden in solche Dinge eingeweiht. Theoretisch gehörte auch Dylan zu dieser Elite. Verdammt noch mal, er hatte selbst an insgesamt vier *Auslöschungen* teilgenommen! Und nun saß er hier und fragte sich: Bin ich der Nächste?

Deshalb paßte er beim Unterricht nicht auf. Die ganze Stunde verbrachte Dylan ausschließlich damit, über eine einzige Sache nachzudenken: Über die Hoffnung, daß Ralph ihn nicht einladen würde, an dem für heute Abend angesetzten Ausflug teilzunehmen.

Dieser Gedanke ließ ihn auch nicht los, als er nach dem Unterricht im Duschraum stand. Aus Dutzenden von Duschen spritzte es herunter, dazwischen echoten die übermütigen Rufe der jungen Männer. Das altbekannte Pandemonium aus Wasser, Seife und Dampf wirkte, als würde er sich auf einem fremden Planeten befinden. Dylan grinste pflichtbewußt, als Nick Peary enthusiastisch eine „neue Hierarchie von Sklaven, *ein Kastensystem*“ prophezeite. Und Dylan setzte bewußt eine Maske ehrfürchtigen Erstaunens auf, als Lars Svendquist mit bewegter

Stimme die zwingend notwendige Erfindung fliegender Jeeps propagierte, die durch die Luft gleiten konnten „wie ein frisch gefickter Seeadler“. Ansonsten konzentrierte sich Dylan darauf, ja nicht in Ralphs Nähe zu kommen. Er wünschte sich inbrünstig, daß der Wasserdampf noch dicker werden würde, so dick, daß er sich selbst darin vollständig auflösen würde.

Dann kam die Sitzung im Kontaktraum.

Dylan zog sich schnell dafür um und versuchte, sich selbst Mut zuzusprechen. Saubere Klamotten, saubere Haut, saubere Gedanken – heute würde er beweisen, was wirklich in ihm steckt. Würde dafür sorgen, daß es richtig rundging.

Er schloß sich den anderen jungen Männern an, die in den Kontaktraum strömten, in dem zwischen nackten Betonwänden etwa achtzig Arbeitsplätze eingerichtet waren. Jeder bestand aus einem sauber ausgerichteten Tisch mit drei Stühlen. Vor jedem Stuhl ein Schreibblock, einige frisch angespitzte Bleistifte und ein Telefon. Alle Stühle zeigten in dieselbe Richtung, zur Stirnseite des Raumes.

An der Decke waren in gleichmäßigem Abstand auf einer Linie drei mit Spiegeln bedeckte Halbkugeln angebracht. *Die Allgegenwärtigen Augen*. Rundum bestückt mit Videokameras.

An der Wand am Ende des Raumes war ein großer Videomonitor angebracht, auf dem zwei Worte zu lesen waren:

Genau das werde ich tun, nahm sich Dylan vor, als er sich an seinem Arbeitsplatz niederließ. Für das *Unternehmen* werde ich *Begierde wecken.*

Er hörte den vertrauten Hintergrundlärm, das Zurechtlegen von Blöcken und Bleistiften. Ralph Colfax stand vorne am Videomonitor, seine Augen auf die Wanduhr gerichtet. Noch fünf Sekunden bis drei Uhr – Ralph atmete scharf ein. Genau als der Sekundenzeiger die 12 erreichte, gab er das Kommando: „Die Sitzung beginnt!"

Sechs Dutzend Hände ergriffen einen Ohrstöpsel und steckten ihn in eines von sechs Dutzend Ohren. Sechs Dutzend Finger tippten auf einen Wählknopf, der eine Nummer ins Telefonnetz jagte, die vollautomatisch per Computer aus einer sorgfältig zusammengestellten Liste ausgewählt worden war. Nach einer Wartepause, die sich von Nummer zu Nummer deutlich unterschied, hob jemand am anderen Ende den Hörer ab. Dadurch begann jeder zu einem etwas anderen Zeitpunkt, seine einstudierten Rede leise in sein Mikrophon zu sprechen. Der Raum wurde nun von den immer gleichen Worten erfüllt, als handle es sich um ein etwas aus dem Gleichtakt geratenes Mantra: *„Hi, mein Name ist Bob Smith. Haben Sie einen winzigen Augenblick Zeit? Ich möchte Ihnen nur von einem einmaligen Angebot erzählen, einem Haarpflegeprodukt,* *daß für Sie mit Sicherheit von Interesse ist. Würden Sie unser Produkt gerne testen – absolut kostenlos? Großartig! Dann brauche ich nur noch Ihren Namen und Ihre Adresse. Ach so, und eine Kreditkartennummer, falls Sie irgendwann einmal etwas bei uns bestellen möchten . . .“*

Dylan versetzte sich in seine Bob-Smith-Persönlichkeit hinein, vertraute voll darauf, daß er gleich ganze Tonnen von Shampoo und Conditioner absetzen würde. Einen ganzen Sattelschlepper voll, jawohl! Die Worte kamen flüssig aus seinem Mund, ohne eine Spur des Zögerns oder jener Niedergeschlagenheit, unter der er gestern gelitten hatte. Nein, heute würde es großartig laufen, daran hatte Dylan keinen Zweifel. Er würde ganze Stapel von Bestellformularen sorgfältig mit Bleistift ausfüllen. Sorgfältig mit *Nummern* ausfüllen.

Er warf einen Blick auf das nächstgelegene *Allgegenwärtige Auge,* ohne daß seine Erfolgssträhne darunter auch nur eine Sekunde litt. Die Kameras würden am Platz Nummer 64 ein verdammt gutes Verkaufsergebnis aufzeichnen, darauf kannst du einen lassen, Alter.

Eine neue Botschaft flackerte über den Videomonitor:

JEDERMANN WILL SCHÖNES HAAR

Als die Wanduhr sechs anzeigte, war Dylan von seiner Sache nicht mehr ganz so überzeugt.

Sicherlich hatte er in den vergangenen drei Stunden einige Formulare ausgefüllt. Einige, aber wahrscheinlich nicht genug, um Ralphs Wohlwollen zu gewinnen. Nicht genug, um die glitzernden Halbkugeln an der Decke beeindrucken zu können. Aus irgendeinem Grund hatten die meisten Leute, die er heute an der Strippe hatte, nicht angebissen. Warum?

Dylan überlegte, ob er seine Kompetenz zu Beginn der heutigen Schicht vielleicht etwas zu hoch eingeschätzt hatte. Hatte er sich selbst ausgetrickst, sich einfach nur vorgemacht, daß er heute gute Verkäufe erzielen würde?

Wieder drückte er den Knopf der Wählautomatik. *Dring. Dring. Dring.* Direkt neben Dylan säuselte Lars Svendquist zuversichtlich ins Mikrophon: „Hi, mein Name ist Bob Smith. Haben Sie einen winzigen Augenblick Zeit? Ich möchte Ihnen nur von einem einmaligen Angebot erzählen, einem Haarpflegeprodukt, daß für Sie mit Sicherheit von ..."

Dylan beobachtete unauffällig das Babygesicht von Lars. Die sorglosen Augen. Den Mund, der so souverän die *Nummern* meisterte. Die Hand, die diese *Nummern* niederschrieb.

Plötzlich sah ihm jemand über die Schulter. „Hast du keine neuen Aufträge geschrieben?"

Dylan blickte hoch. Es war Ralph. Natürlich. „Noch nicht", gab Dylan murmelnd zurück.

Ralph sah zu ihm herunter. Gefühllos, aber voller Verdammnis.

Dylan erwiderte den Blick, der sein Gesicht gnadenlos in seine einzelnen Bestandteile aufzulösen und anschließend einzuschmelzen schien. Zersetzend. Brennend.

Ralph ging weiter.

Er hat nicht einmal etwas gesagt, dachte Dylan. Hat mich nur angesehen. *„Großartig!“* sagte Nick Peary, der zwei Arbeitsplätze neben ihm saß. „Dann brauche ich nur noch Ihren Namen und Ihre Adresse. Ach so, und eine Kreditkartennummer, falls Sie irgendwann einmal etwas bei uns bestellen möchten . . .“

Plötzlich wurde sich Dylan bewußt, daß das Freizeichen am anderen Ende der Leitung verstummt war. Daß jemand den Hörer abgenommen hatte. Eine quengelige Frauenstimme ertönte. „Halloooo? Ist da jemand?“

„Hi, mein Name ist Bob Smith“, murmelte Dylan. „Haben Sie einen winzigen Augenblick . . .“

Die Sonne ging bereits unter, als Catherine den Minivan in die Garagenzufahrt ihres Hause lenkte. Das Außenlicht sprang an, ein sicheres Zeichen dafür, daß der Bewegungsmelder den herankommenden Wagen erfaßt hatte.

Catherine stieg aus dem Wagen und ging zur Beifahrertür. Jordan schlief auf dem Beifahrersitz. „Aufwachen, Kleines“, sagte Catherine, während sie die Tür öffnete. „Wir sind zu Hause!“

Jordan regte sich, wachte aber nicht auf. Catherine nahm sie sanft auf die Arme, schloß die Tür und trug ihre Tochter dann zum Hintereingang des Hauses, um hineinzugehen.

Auf der anderen Straßenseite saß ein Mann in einem Wagen und beobachtete, wie das Licht im Erdgeschoß des Hauses anging. Kurz darauf leuchteten auch die Fenster im Obergeschoß auf.

Einige Minuten später sah Bennie zu, wie Catherine Jordan ins Bett brachte. Offenbar war seine kleine Spielgefährtin heute zu müde, um mit ihm herumzutoben. Also beschloß Bennie, wieder das Erdgeschoß aufzusuchen.

Sein Ziel war der Wassernapf in der Küche. Aber anstatt am Ende der Treppe links abzubiegen, blieb er in der Eingangshalle stehen.

Nur Augenblicke später kam Catherine die Treppe herunter. „Wartest du etwa auf mich?".

Bennie stand bewegungslos da. Catherine merkte, daß er von der Haustür in den Bann gezogen wurde. Sie bückte sich und hob die Post auf. „Möchtest du raus?"

Bennie starrte immer noch auf das dunkle Glas der Tür. Catherine versuchte zu erkennen, was Bennies Aufmerksamkeit gefangennahm.

Es war eine dunkle Silhouette. Die Umrisse eines kräftigen, schweigenden Mannes. Eines Mannes, der sie direkt ansah.

Catherines Hand fuhr zu ihrem Mund, und sie stieß einen kleinen, erstickten Schrei aus.

12

Catherine blieb erschrocken stehen. Ihr Herz hämmerte wie ein Maschinengewehr, während all die Ängste durch ihren Kopf schossen, die sie jahrelang zu verdrängen versucht hatte. All die versteckten Drohungen, denen sie und Frank ausgesetzt waren – ihr geheimnisvoller Verfolger, die Polaroids, die anonymen Terroraktionen – all das vereinte sich nun in der vor der Tür lauernden Silhouette.

Eiskalte Panik überfiel sie. Konnte sie Hilfe aus der Nachbarschaft erhoffen? Wen kannte sie hier überhaupt? Jack Meredith? Der war nun alles andere als die Hilfe, die sie sich in diesem Moment erhoffte. Ich bin ganz allein, dachte Catherine – *allein mit Jordan.*

Schritt für Schritt trat sie zurück und ging dabei eine Liste von Dingen durch, die dazu geeignet erschienen, ihr auf irgendeine Weise weiterzuhelfen. Der Regenschirm dort in der Ecke? So viele Dinge, aber welche waren geeignet? Bennie? Vergiß es, der wedelt schon wieder mit dem Schwanz. Das Telefon – sie würde einfach die 911 wählen und hoffen, beten sogar, daß sie kamen, bevor der Mann hereinkommen würde . . .

Von der anderen Seite der Tür ertönte eine etwas brummige Stimme: „Catherine?“

Wieder erstarrte sie. Einige Sekunden lang blieb sie so stehen, war einfach unfähig, zu antworten.

Der Mann klopfte an die Tür und sagte: „Catherine, ich bin's, Bob Bletcher!"

Catherine atmete erleichtert auf und ging zögernd einige Schritte auf die Tür zu. „Bob!" begrüßte sie ihn mit zitternder Stimme.

„Ja."

Die dunkle Silhouette hatte plötzlich nichts Bedrohliches mehr an sich. Catherine ging zur Tür und langte mit einer Hand nach Bennies Halsband. In ihrem Kopf war immer noch Alarmstufe Rot, und sie hielt den jungen Hund hauptsächlich wegen der albernen Befürchtung fest, daß er Bob sonst vielleicht an die Kehle gehen könnte. Dann öffnete sie die Tür.

Dort stand in seiner ganzen, unerschütterlichen Pracht Lieutenant Bob Bletcher vom Seattle Police Department. „Ist alles in Ordnung?" fragte er besorgt.

„Ja", antwortete Catherine mit einem Stoßseufzer. Sie betrachtete Bletchers vierschrötiges, bodenständiges und vollkommen unbedrohlich wirkendes Gesicht. „Um die Wahrheit zu sagen, du hast mich fast zu Tode erschreckt."

Bletcher blinzelte sie an. „Entschuldige", meinte er mit echtem Bedauern in der Stimme. „Ich wollte . . ." Sein Blick kehrte sich nach innen, weil er offenbar nicht darauf vorbereitet gewesen war, eine Erklärung für sein Kommen abgeben zu müssen. Er zögerte, während er sich überlegte, wie er es ihr auf möglichst taktvolle Weise beibringen konnte.

„Frank hat mich angerufen und gefragt, ob ich mal bei euch vorbeischauen könnte", sagte er dann. „Ich glaube, er ist ein wenig um dich und Jordan besorgt."

Catherine nahm Bletchers Worte in sich auf. „Oh Gott!" entfuhr es ihr dann. „Bob – *ich* bin es, die sich entschuldigen müßte! Danke, daß du vorbeigekommen bist – uns geht es gut, wirklich!"

„Bist du sicher?" fragte Bletcher zweifelnd.

Catherine nickte. „Ich habe nur nicht damit gerechnet, daß jemand vorbeikommt", sagte sie rasch, um sich für ihr merkwürdiges Benehmen zu entschuldigen. „Möchtest du reinkommen, Bob?"

„Nein, nein", sagte er abwehrend. „Ich weiß doch, daß du deine Kleine ins Bett bringen mußt . . ."

„Ach, nichts da", unterbrach sie ihn in einem Tonfall, der keinen Widerspruch duldete. „Ich mach' uns einen Kaffee, okay?"

Bletcher zuckte die Achseln und fand sich mit dem Unvermeidbaren ab. Wenn Catherine schon einmal darauf bestand? „Okay", nickte er und bückte sich, um Bennies Kopf zu tätscheln.

Dylan Fortner stand in der Schlange vor dem Ausgabetresen der Cafeteria des *Unternehmens* an. Er verspürte absolut keinen Hunger, wollte andererseits aber alles vermeiden, was die Aufmerksamkeit auf ihn lenken konnte. Sich nicht anders verhalten als die anderen. Müde sein, wie sie es alle nach der Sitzung mit den *Nummern* waren. Wenn man ihn ansah, würde man nicht merken, daß er absolut kein Bedürfnis verspürte, das in sich hineinzuschlingen, was das Unternehmen ihnen heute servieren würde – Hühnchenpastete, Truthahnwürstchen oder blaßgraue Bratenstücke, eben das übliche Zeugs, begleitet von riesigen Nudelportionen oder Bergen von Kartoffelbrei. Ja, Dylan benahm sich vollkommen normal. Als ob er sich nicht auf das Abendessen, sondern auf die anschließende ruhige Zeit freuen würde, auf die Lehrvideos, auf die Freistunde von neun bis zehn. Und darauf, anschließend richtig ordentlich abzuknacken. Zu schlafen. Traumlos zu schlafen.

Aber in Wirklichkeit freute sich Dylan darauf überhaupt nicht. Mittlerweile kannte er nämlich den Haken an der Sache: Der Schlaf beschützte ihn nicht. Nicht nach der jämmerlichen Vorstellung, die er heute im Kontaktraum gegeben hatte. Nun stand er in der Schlange und betete, daß Ralph sich nicht mit ihm befassen würde. Ihm beiläufig – oder vielleicht doch nicht beiläufig? – mitzuteilen, daß am heutigen Abend ein kleiner Ausflug auf den Plan gesetzt war.

Jemand tippte auf seine Schulter, und Dylan drehte sich um. Es war Ralph, der ihn mit undefinierbarem Blick ansah. Unergründlich.

Dylan versuchte sein Bestes, um einen aufkommenden Zitterkrampf zu unterdrücken.

„Wir müssen miteinander reden“, sagte Ralph und legte eine Hand auf Dylans Ellenbogen. Dylan stolperte fast, als Ralph ihn von der Schlange wegführte. Sie durchquerten die Cafeteria, bis sie den Ausgang zum Treppenhaus erreichten. Dylan spürte, wie sich zahllose verwirrte Blicke in seinen Rücken bohrten, als er durch die Tür ging. Blicke der Verwunderung darüber, was dieser Vorfall zu bedeuten hatte.

Die Metalltür schloß sich hinter ihnen, begleitet vom zischenden Geräusch des Türschließers, das sich an den kalten Betonwänden des Treppenhauses brach. Die Tür fiel mit einem metallischen Klacken ins Schloß, das von leisen Echos aus dem Keller und dem darüber liegenden Schlafsaal beantwortet wurde. Dylan und Ralph waren nun allein, so allein, wie man zu dieser Zeit nur sein konnte, in der normalerweise alle in der Cafeteria saßen.

Nur Dylan und Ralph nicht. Dylan hatte nicht die geringste Ahnung, was nun auf ihn zukommen würde. Was immer es war, es mußte etwas Schreckliches sein. Dylan konnte sich nicht daran erinnern, daß so ein spontanes Treffen schon einmal vorgekommen war. Selbst Auslöschungen durften den normalen Tagesablauf nicht stören …

Dann ging Dylan ein Licht auf: Natürlich würde man ihn auslöschen. Und genauso natürlich würde seine Auslöschung nicht auf die übliche Weise stattfinden. Warum? Weil Dylan genau wußte, wie es normalerweise ablief. Er war selbst viermal dabei gewesen. Im Gegensatz zu Eedo und den anderen würde ihm der nächtliche Besuch im Auburn Park keineswegs rätselhaft erscheinen. Und auch nicht das LSD, genauso wenig wie das seltsame Ritual der Ausstoßung vor der heruntergekommenen Fabrik. Dylan kannte jede einzelne Phase dieser Prozedur. Weshalb sonnenklar war, daß man sich für ihn etwas anderes hatte einfallen lassen. Der Anführer hatte Ralph befohlen, Dylan auf eine andere Weise zu beseitigen.

Ralph legte eine Hand auf Dylans Schulter und drückte ihn von sich weg. Dylan wehrte sich nicht, stolperte einfach zurück, bis er mit seinem Rücken gegen die Wand prallte. Doch der Druck der Hand ließ nicht nach, bis Dylans Rücken vollständig an die Wand gepreßt war, dann seine Beine und Arme und schließlich auch die Handflächen. Ralph drückte ihn unnachgiebig gegen den kalten Beton.

Dann hörte der Druck plötzlich auf. Ralph legte seine Hände rechts und links von Dylans Kopf an die Wand. Dann beugte er sich näher heran, näher und näher, bis sich ihre Nasen fast berührten. Seine Augen glänzten, als er sagte: „Wir haben ein Problem."

Dylan hätte beinahe genickt. Er tat es nur deswegen nicht, weil er dann unweigerlich mit Ralphs Kopf in Berührung gekommen wäre.

Die glühenden Augen sahen Dylan bohrend an. Die Mundwinkel gingen hoch und verzogen sich zu einem freudlosen Lächeln. Dann sagte der Mund: „Wie löschen wir einen Bruder aus, der selbst mitgeholfen hat, andere auszulöschen?"

Eines von Dylans Augenlidern begann unkontrolliert zu zucken. Ralphs Gesicht verschwamm vor seinen Augen, alles verschwamm vor seinen Augen. Für einen Augenblick war Dylan davon überzeugt, daß er in Ohnmacht fallen würde.

„Ich sag dir, wie wir das machen", flüsterte Ralph. „Wir belügen ihn! Wir erzählen ihm einfach, daß jemand anderes ausgelöscht werden soll. Und dann wird er, also der, der ausgelöscht wird, gerne mitkommen!"

Oh, dachte Dylan. *Warum erzählt er das mir? Ausgerechnet mir?*

„Heute nacht", flüsterte Ralph, „heute nacht werden wir jemanden auslöschen. Willkommen beim Team, Dylan. Oder hast du was dagegen einzuwenden?"

Dylan verspürte Neugierde, aber auch eine seltsame Klarheit in seinem Kopf. Obwohl er die Antwort genau kannte, fragte er: „Wer wird ausgelöscht?"

Ralphs Mund öffnete sich weit. Dann sagte er: „Du glaubst, daß du es bist, nicht wahr?"

Dylan starrte Ralphs Zähne an. Perfekt ebenmäßige Zähne. Wahrscheinlich hatte man ihm frühzeitig eine Spange verpaßt.

„Bist es aber nicht, Fortner. Es ist Nick Peary."

„Nick?" murmelte Dylan.

„*Yeah*. Unser Kumpel, der, der immer wieder dieses Jazzkonzert durchkaut. Oder ist dir das nicht aufgefallen?"

„Ja doch", flüsterte Dylan. „War schon etwas seltsam."

„Ja. Aber nur ein bißchen ‚seltsam', das stört unseren Chef nicht. Wahnsinn, das ist es, was ihn stört. Wahnsinnige können wir hier nicht gebrauchen, nicht wahr, Dylan?"

„Nee, Ralph. Können wir nicht."

„Du bist nicht verrückt, Dylan. Richtig?"

„Ach, woher denn", erwiderte Dylan kaum hörbar.

„Natürlich nicht." Ralph löste seine rechte Hand von der Wand und kniff Dylan in die Wange. Dylan verzog sein Gesicht und Ralphs Augen bohrten sich hart in die seinen. „Wir fahren um halb zehn los. Ich, du, Lars und Nick, alle im selben Wagen – genau wie in der Nacht, als Eedo dran war."

„Okay", sagte Dylan, vor dessen Augen alles verschwamm. „Ach so – was glaubt Nick denn, wer diesmal dran ist?"

Ralph kicherte. „Nun, er glaubt, daß *du* es bist. Nick glaubt, daß der Boß dich ausgesucht hat."

Catherine ließ sich auf einem Stuhl im Eßzimmer nieder, vorsichtig bemüht, nichts aus ihrer bis zum Rand mit frisch gebrühtem Kaffee gefüllten Tasse zu verschütten. Bob Bletcher saß bereits da und ließ sich den heißen Dampf aus seiner mit Kaffee, Sahne und vier Teelöffeln Zucker gefüllten Tasse in die Nase steigen. Sowohl ihm als auch Catherine war halb bewußt, daß es sich eigentlich nicht vermeiden ließ, gleich ein bestimmtes Gesprächsthema anzuschneiden. Deshalb – oder trotzdem – traute sich zunächst keiner, den Anfang zu machen. Zwanzig Sekunden vergingen, in denen beide heilfroh waren, daß Kaffee zu den Getränken gehört, denen man getrost einiges an Aufmerksamkeit widmen darf. Catherine hatte Jordan bereits ins Bett gebracht, was heute ziemlich reibungslos abgelaufen war, da das Kind bereits auf dem Sitz des Minivans eingeschlafen war.

Eigentlich war es ziemlich ausgeschlossen, daß Jordan etwas hören konnte, was nicht für ihre Ohren bestimmt war.

Schließlich sagte Catherine: „Wieviel hat er dir erzählt?"

Bletcher sah verlegen in seine Tasse. „Über seinen Zusammenbruch?"

Catherine nickte.

„Nicht viel, was ich nicht schon wußte“, sagte Bletcher langsam. „Er hat diese Abstumpfung erwähnt, die das Ganze mit sich bringt. Daß die Grausamkeiten, die ganzen schrecklichen Verbrechen, einem salopp gesagt am Hintern vorbeigehen – daß man nach einer Weile nicht mehr davon betroffen ist, hat er gesagt. Daß man es aus dem Kopf drängt. ‚Psychologisches Novokain‘, so hat er das genannt.“

Catherines und sein Blick trafen sich.

„Und dann hat er mir von den Polaroids erzählt, die jemand von dir und Jordan gemacht hat“, fuhr Bletcher fort. „Ohne Absender, ein Jahr nachdem er einen besonders grausamen Fall gelöst hatte – ein Serienkiller, der seine Opfer nach dem Zufallsprinzip ausgewählt hat. Schlachtete ganze Familien ab, machte hinterher Polaroids und schickte sie an die Polizei. Wen wundert es da, daß er die Polaroids von euch direkt als Bedrohung betrachtet hat? Und plötzlich traute er sich nicht mehr, das Haus zu verlassen. Das psychologische Novokain verlor seine Wirkung. Er hatte plötzlich Angst, euch alleine zu lassen.“

„Er war wie gelähmt, Bob“, sagte Catherine ernst. „Das war nicht nur Angst, es saß viel tiefer – Überzeugung, Wissen.“

Bletcher betrachtete seine plumpen Hände. „Darüber hat er auch gesprochen“, sagte er dann, jedes Wort vorsichtig prüfend, bevor er es aussprach. „Darüber, daß er in die Dunkelheit hineinsehen kann. Daß er einen Sinn entwickelt hat, der es ihm ermöglicht, das zu sehen, was der Killer sieht."

Catherine lehnte sich in ihrem Stuhl zurück. Ganz ruhig sagte sie: „So gut wie du ihn kennst, Bob, so lange wie ihr zusammen gearbeitet habt – ich glaube trotzdem nicht, daß jemand wirklich begreifen kann, wie es sein muß."

„Nein", sagte Bletcher nur. Dann lächelte er und fügte hinzu: „Aber ich bin sicher, daß du es besser weißt als alle anderen zusammen."

Catherine erwiderte sein Lächeln, obwohl ihr nicht danach zumute war. „Eigentlich ist das interessant", meinte sie. „Ich habe bei meiner Arbeit mit so vielen Leuten zu tun, die Probleme haben. Hauptsächlich Opfer von Mißbrauch. Meine Arbeit, also die klinische Therapie, gibt mir eigentlich eine Gelegenheit, das Leben anderer Leute positiv zu beeinflussen, zu verändern. Aber Frank kann das nicht."

Bletcher hob seine Brauen. „Weiß nicht, ob ich das verstehe. Was meinst du damit genau?"

„Die meisten von uns sind optimistisch genug, um zu glauben, sie könnten durch ihre Arbeit wirklich etwas ändern. Manchmal vergleiche ich Frank mit dem *Fänger im Roggen*, der am Abgrund der Welt steht und versucht, sie zu retten. Aber er kann nicht alles ändern. Alles, was er tun kann, ist diese schrecklichen Männer einzufangen, bevor sie wieder jemanden töten."

„Frank hat mir gesagt, es wäre eine besondere

Gabe“, murmelte Bletcher, „und gleichzeitig ein Fluch.“

Catherine nickte. „Ich habe es zuerst überhaupt nicht glauben können. Daß er wieder arbeiten wird, meine ich.“

Bletcher lehnte sich etwas vor und hob seine Hände in einer Geste, die verdeutlichen sollte, daß sein Interesse rein freundschaftlicher Natur war. Was nicht wirklich stimmte, da er schlicht und ergreifend fasziniert war, wenn er an die besondere Art denken mußte, auf die Frank bei seinen Ermittlungen vorging. Er war unsicher, ob er wirklich versuchen sollte, Catherine auszuquetschen. In einem unbeteiligten Ton meinte er: „Er wurde doch von dieser – wie heißt sie noch? – Millennium Group kontaktiert?“

„Ja“, sagte Catherine. „Aber eigentlich kam Frank zurück, weil er nicht anders konnte. Das ist eben ein Teil seiner Person. Und deshalb möchte ich nicht, daß er meint, daß Jordan und ich uns hier nicht sicher fühlen – hier, in diesem absolut perfekten Haus, in der perfekten kleinen Welt, die er extra für uns geschaffen hat. Wenn er jemals meinen würde, daß es nicht so ist – ich glaube nicht, daß er es noch einmal schaffen würde, wieder anzufangen.“

Bletcher sah Catherine an und hätte nun gerne etwas Liebevolles und Kluges gesagt, um ihr zu widersprechen. Aber ihm fiel nichts ein. Und er sah an Catherines Blick, daß sie genau wußte, was jetzt in ihm vorging.

Catherine lächelte ihn an. „Danke, Bob“, sagte sie. „Schön, daß du vorbeigekommen bist. Wirklich schön, daß du dir die Zeit dafür genommen hast.“

13

Die Nacht brach über San Francisco herein und verwandelte die Straßen der Innenstadt in einen bunten Jahrmarkt, während die Parks sich allmählich leerten und zu Gärten der Stille wurden. An den Promenaden und künstlichen Teichanlagen, in den Hainen und auf den Wiesen sammelten Touristen, Kinder und Spaziergänger ihre Siebensachen ein. Nur die ehrgeizigsten Jogger ließen sich nicht davon beeindrucken, daß die Sonne sich dem Westhorizont näherte. Und zur gleichen Zeit traf eine neue Sorte von Besuchern ein. Es waren nur wenige, aber dafür kamen sie mit fest umrissenen Absichten.

Prinzipiell war der Auburn Memorial Park davon genauso betroffen wie alle anderen Grünanlagen der Stadt. Aber der Rosengarten war heute abend ein Sperrgebiet voll hektischer Aktivität. Es wimmelte von TV-Kamerateams, Fotografen, Journalisten, Vertretern der Gewerkschaft der Feuerwehr, wichtigtuerischen „Säulen der Gesellschaft“, stadtbekannten Verrückten mit unhaltbaren Ansichten und, last-not-least, uniformierten Beamten des SFPD, die alle Hände voll damit zu tun hatten, die Anwesenden davon abzuhalten, über den Tatort herzufallen.

Jim Penseyres trug einen unauffälligen Regenmantel, unter dem er eine extrem lichtempfindliche digitale Videokamera verbarg. Langsam spazierte er an der Absperrung entlang und zeichnete so manches ihm interessant erscheinende Gesicht auf, und natürlich eine Menge Gesichter, die seiner Ansicht nach vollkommen uninteressant waren.

Hauptsächlich hatte er es auf junge Männer mit kurzen Haaren abgesehen. Penseyres hatte anhand des Briefes, den Eedo Bolow an seine Mutter geschrieben hatte, einige Rückschlüsse auf die geheimnisvolle Organisation ziehen können, der Eedo beigetreten war. Wie Frank Black gesagt hatte, war es durchaus denkbar, daß die Organisation von ihren Mitgliedern äußerliche Konformität verlangte. Zum Beispiel eben kurze Haare. Penseyres ging zudem davon aus, daß der Kult ein gewisses Interesse daran haben mußte, wie die Öffentlichkeit auf den Fund im Auburn Park reagierte. War es denkbar, daß sich einige der Mitglieder unter die Menschenmenge gemischt hatten?

Penseyres war felsenfest davon überzeugt.

Er zoomte an einige Jugendliche heran, die sich im Schatten einer Baumgruppe versammelt hatten. Er stellte den Kontrast ein, bis ihre mit Stickern übersäten Jacken hell im Sucher aufleuchteten. Er zoomte an einzelne Gesichter heran. Sieh an, kurze Haare. Auflösung flau bis miserabel, von den Gesichtern war nicht allzuviel zu erkennen. Qualität insgesamt zu schlecht, um damit den Fahndungscomputer zu füttern. Jedenfalls dürften sie nicht älter als vierzehn oder fünfzehn sein. *Sind halb auf dem Sprung und machen einen ziemlich dösigen Eindruck*, dachte er. Und für den Rosengarten schienen sie sich überhaupt nicht zu interessieren. Dann eher schon für den Joint, den sie heimlich kreisen ließen.

Penseyres konnte sich nicht vorstellen, daß diese Jungs den Nerv hatten, nachts in aller Seelenruhe die zu Asche verbrannten Überreste eines ihrer Kumpels zu beseitigen. Irgendwie wirkten sie überhaupt nicht wie die Anhänger eines finsteren Kultes. Also ging er weiter.

Die beiden BMWs rasten aus Richtung Haight am Golden Gate Park vorbei.

Industrial Frat-Rock hämmerte aus dem vorweg fahrenden Wagen. Die Baßriffs durchdrangen mühelos die Fenster, die Sitze, den Fahrzeugboden und die vier Insassen, junge Männer mit kurzgeschorenem Haar. Lars Svendquist saß am Lenkrad, Ralph Colfax auf dem Beifahrersitz.

Dylan Fortner und Nick Peary saßen hinten. Die Musik war so laut, daß man sich nicht richtig unterhalten konnte. Was weder Dylan noch Nick wirklich störte, da sie sich nicht unterhalten wollten. Schon gar nicht miteinander.

Dylan hatte sich bereits seine Gedanken über den möglichen Zweck der nächtlichen Mission gemacht. Während des unterbrochenen Abendessens, in der darauf folgenden Videostunde, in der Freistunde danach, die vorzeitig beendet worden war. Hauptsächlich hatte er über die Möglichkeit nachgedacht, daß in Wirklichkeit nicht Nick, sondern er selbst es war, der heute nacht brennen würde.

Warum sollte er glauben, was Ralph ihm erzählt hatte? Hatte Ralph Nick möglicherweise nur ins Spiel gebracht, weil Dylan genau wußte, wie eine Auslöschung ablief? Anders formuliert: War das Gespräch im Treppenhaus nur ein Ablenkungsmanöver gewesen, um Dylan in Sicherheit zu wiegen?

Vielleicht. Andererseits war zu berücksichtigen, daß der Typ, der nun neben Dylan auf der Rückbank des BMWs saß, nicht ganz richtig im Kopf war. Schon daß Nick ständig von seinen Erlebnissen auf dem Jazzkonzert erzählt hatte, erweckte einwandfrei den Eindruck, daß er richtig einen an der Waffel hatte. Obwohl Dylan zunehmend davon überzeugt war, daß kein einziger seiner Brüder aus dem *Unternehmen* mit Fug und Recht behaupten konnte, geistig normal zu sein. Dieser Verdacht war ihm erst soeben gekommen, was vermutlich auf den Streß zurückzuführen war, der sein Urteilsvermögen möglicherweise etwas eingeschränkt hatte. Er hatte sogar überlegt, ob er selbst verrückt war.

Zwischenzeitlich war er mehrmals zu der Überzeugung gelangt, daß genau dies zutraf.

Nichtsdestotrotz hatte Dylan überlegt, was Ralphs Bemerkung zu bedeuten hatte, daß der Anführer seltsames Verhalten dulden würde, nicht aber Wahnsinn. Wenn Nick wirklich wahnsinnig war, so wahnsinnig sogar, daß man ihn beseitigen mußte, dann erschien es Dylan nur logisch, daß die meisten seiner Kameraden den Tod verdienten. Einschließlich Dylan selbst. Ganz besonders er selbst.

Und Ralph wußte das. Er wußte, daß sich seine Logik genauso gut auf Dylan wie auf Nick anwenden ließ. Anhaltspunkte gab es genug: Dylans seltsames Benehmen, die Tatsache, daß er den Morgenappell verschlafen und sich von anderen fernhielt. Oder daß er die *Nummern* nicht schaffte. Jawohl, Ralph hatte triftige Gründe anzunehmen, daß Dylan wahnsinnig war. Und Ralph wußte auch, daß Dylan dies wußte. Also, was bezweckte er damit? Psychoterror? Verarschung durch Panikmache? Langsam gesteigerter Streß, als Vorstufe der ultimativen Bestrafung?

Vielleicht hatte der Führer Ralph auch befohlen, sie beide, Dylan *und* Nick, kirre zu machen.

Überhaupt, wo verlief eigentlich die Grenze zwischen Seltsamkeit und Wahnsinn? Je mehr Dylan darüber nachdachte, desto mehr verwischte sich der Unterschied, ganz besonders, soweit es die Brüder vom *Unternehmen* betraf.

Derartige Gedanken trugen nun wirklich nicht dazu bei, Dylans Erwartungen einen optimistischeren Charakter zu verleihen. Eher war das Gegenteil der Fall. Irgendwann nach dem Abendessen hatte er gedacht, daß der angebliche Grund für Nicks Auslöschung so ziemlich die dämlichste Lüge war, die er jemals gehört hatte. Nur eine reine Erfindung Ralphs. Oder des Anführers.

Psychoterror. Die Hölle schon einmal anheizen, bevor es richtig losgehen würde.

Aber andererseits . . . Nick wirkte nervös.

Was Dylan doch wieder hoffen ließ.

Die Scheinwerfer des Wagens hinter ihnen blitzten in den Rückspiegel, wodurch Nicks Gesicht für einen Moment hell aufleuchtete. Er starrte unentwegt auf die Straße, war mit den Gedanken jedoch ganz woanders. Zumindest erschien es Dylan so, der bemerkt hatte, daß Nick im Verlauf des Abends immer abwesender wirkte.

Beim Abendessen, nach dem Gespräch mit Ralph im Treppenhaus, hatte Dylan Nick genau beobachtet, um nach Anzeichen von Nervosität zu suchen, nach Anzeichen von Furcht. Er wollte wissen, ob Nick dieselben Gedanken durch den Kopf gingen wie ihm: Wer ist eigentlich dran? Er? Oder ich?

Zweimal hatten sich ihre Blicke getroffen. Beim ersten Mal sah Nick sofort wieder weg und seine Gesichtsfarbe wurde etwas dunkler, als ob er sich schämen würde – als ob man ihn bei etwas Schmutzigem ertappt hätte. Etwa bei dem Gedanken, daß man im Verlauf desselben Abends daran beteiligt sein würde, jemanden in die Hölle zu schicken. Das trug nicht gerade zu Dylans Erleichterung bei. Er kannte dieses Gefühl, er hatte es selbst bei vier verschiedenen Anlässen erlebt. Am deutlichsten beim letzten Mal, als er Eedo, den ahnungslosen Eedo dabei beobachtet hatte, wie er gerade seine Henkersmahlzeit einnahm. Das war nicht gerade die große Lachnummer, Dylan war richtig schlecht geworden. Und wenn Eedo geahnt hätte, was ihm bevorstand, und Dylan dabei ertappt hätte, wie er ihn vom nächsten Tisch aus beobachtete, wäre Dylan vielleicht etwas rot geworden. Etwa in der Art, wie Nicks Gesicht sich heute beim Abendessen verfärbt hatte.

Oh nein, es hatte Dylan keineswegs beruhigt, daß Nick rot geworden war.

Aber dann waren sich ihre Augen zum zweiten Mal begegnet. Nick hatte gerade einen Löffel mit Kartoffelbrei an seinen Mund geführt. Einen richtig großen, wabbelnden, mit Soße beschmierten Berg Kartoffelbrei. Den Bruchteil einer Sekunde, bevor er in seinen Mund wanderte, während der Berg knapp fünf Zentimeter vor Nicks Gesicht schwebte, hatte Nick bemerkt, daß er wieder beobachtet wurde. Der Löffel verharrte auf der Stelle und Nicks Augen schwenkten mechanisch herum wie die einer Kinderpuppe, bis er Dylan direkt ansah. Aber diesmal wandte sich Nick nicht sofort wieder ab. Und er wurde auch nicht rot, sondern blaß. Bleich wie ein Bettlaken, als ob er plötzlich von einer unglaublichen Furcht befallen worden war. So verharrte sein Blick einige Sekunden. Wie gelähmt. Wie vom Terror befallen, wie ein Reh, daß in der Nacht in das Fernlicht eines heranrasenden Autos starrt.

Als er das sah, dachte Dylan nur: Nick sieht den Tod.

Und dann war es Dylan gewesen, der rot wurde. Sein Gesicht wurde heiß und dann noch heißer, als er sah, wie sich der wabbelige Berg Kartoffelbrei von Nicks Löffel löste und auf dessen Schoß landete, während Nick ihn nur wie gelähmt anstarrte, ohne zu merken, daß er sich eingesudelt hatte, und mit einem Gesicht, das den nackten Terror desjenigen trug, der weiß, daß er verdammt ist.

Dann brach Dylan den Augenkontakt ab und sah Nick während des Abendessens nicht mehr an.

Aber während der Videovorführung nahm er seine Beobachtung wieder auf. Und genauso während der ersten dreißig Minuten der Freistunde, bevor Ralph sie und fünf andere Typen, die noch nie an einer Auslöschung teilgenommen hatten, in die Garage abkommandierte. Dylan vermied den direkten Augenkontakt, weil er dazu nicht mehr die Nerven hatte. Aber er suchte doch verzweifelt nach weiteren Anhaltspunkten dafür, daß Nick um sein eigenes Leben fürchtete.

Und Dylan fand sie, die Anhaltspunkte: Nick verlor zunehmend seinen Willen, verlor seinen Kontakt zu dem, was um ihn herum geschah, bis er schließlich kaum noch etwas davon zur Kenntnis nahm.

Ein wandelnder Toter, dachte Dylan voller neuer Hoffnung. *Nimm's nicht persönlich, alter Kumpel: Kein Haß oder so, absolut gar nichts Persönliches.*

Wirklich nichts Persönliches, außer der Tatsache, daß Dylan eben keine Lust hatte, heute nacht das Opferlamm zu spielen. Und wenn Nick Gründe hatte anzunehmen, daß er – also Nick – diese Rolle übernehmen würde, dann sprach doch nichts dagegen, daß Dylan ein bißchen mehr an das glaubte, was Ralph ihm erzählt hatte.

Wer weiß? Vielleicht hatte Nick sich auf irgendeine Weise disqualifiziert, von der Dylan noch nicht einmal gehört hatte.

Dylan hoffte sehr, daß dies zutraf. Plötzlich wurde er aus seinen Gedanken gerissen, als der Wagen am Straßenrand anhielt, und der zweite BMW dicht hinter ihnen aufschloß. Durchs Fenster sah er die Straße und dahinter Bäume, Büsche und einen schwach beleuchteten Weg, an dem ein Schild stand:

AUBURN MEMORIAL PARK & GARDENS.

Heute nacht sah hier alles etwas anders aus. Dylan und die anderen reckten ihre Hälse, um mehr zu sehen. Hinter einem dichten Gehölz war hell erleuchtet das Zentrum des Parks zu erkennen, in dem auch der Rosengarten lag. Aus irgendeinem Grund war dort alles taghell – irgendeine Veranstaltung? Ein Fest? Eine Polizeiaktion?

Wieso ausgerechnet nachts? Dylan konnte sich nicht daran erinnern, daß so etwas hier schon einmal vorgekommen war. Was natürlich nicht hieß, daß es nicht ab und zu passierte.

„Komisch", meinte Lars.

Ralph beobachtete die ungewöhnlichen Aktivitäten, wobei sein Gesicht einen Ausdruck mißmutiger Verwirrung annahm. „Sollte wohl kein Problem sein", murmelte er schließlich. „Nick. Dylan. Ihr beide und Kevin Wainwright seid zuletzt hiergewesen, ja?"

Nick und Dylan nickten.

„Hat einer von euch etwas Ungewöhnliches bemerkt?"

„Nein", antwortete Nick etwas zu voreilig.

Das Wildleder von Ralphs Jacke rieb sich quietschend an der Rückenlehne, als er sich abrupt zu Nick umdrehte. „Bist du sicher?" bohrte er nach.

Der Gefragte nickte vehement.

Ralph sah Dylan an. „Und du?"

Dylan hatte tatsächlich etwas Ungewöhnliches bemerkt, als er zuletzt hier gewesen war.

Nur fand er es alles andere als ratsam, Ralph darüber zu informieren. Er zuckte die Achseln, so beiläufig er nur konnte, und sagte: „Alles normal. Keine Lichter. Niemand da, außer mir, Nick und Kevin. Und natürlich die Penner, die sich hier herumtreiben."

Ralph stieg aus dem Wagen aus und ging den Weg hinunter.

Dylan beobachtete, wie er im Dunkeln verschwand, und hoffte dabei inbrünstig, daß das Licht im Rosengarten *doch* ein Problem darstellen würde. Zum Beispiel, weil die Polizei das Gebiet durchkämmte. Eine Sicherheitskampagne, eine konzertierte Aktion, um die Dealer aus dem Park zu vertreiben.

Dylan war von dieser Idee fasziniert. Keine Trips, um so richtig für die Auslöschung in Fahrt zu kommen? Unerhört.

Ohne Acid war eine Auslöschung einfach lau. No Fun.

Also bestand eine Chance, daß Ralph die Aktion abblasen würde. Dylan schielte nach rechts. Nick hatte seine Hände zwischen den Knien eingeklemmt. Dylan sah sofort, warum: Nick zitterte. Nur leicht, aber doch unübersehbar.

Armes Schwein, dachte Dylan in einem Gefühlstaumel aus Erleichterung und Mitleid. Es sah immer mehr danach aus, als ob Nick es wäre, der heute abend die Hauptrolle spielen würde. Aber vielleicht fand die Aufführung gar nicht statt. Wenn Ralph keine Hits auftreiben konnte, gab es für Nick vielleicht einen Aufschub.

Nick sollte lieber abhauen, ging es durch Dylans Kopf. Tür auf, raus und weg, so schnell er nur kann. Dylan überlegte, ob er Nick warnen sollte. Wie er Eedo Bolow gewarnt hatte, unten auf dem Gelände der Acme Dry Cleaning.

Ein freundlicher Ratschlag, den Dylan selbst allerdings nicht befolgt hätte. Auch dann nicht, wenn er sich absolut sicher gewesen wäre, daß es ihm an den Kragen gehen würde.

Er überlegte, wie oft er daran gedacht hatte, zu fliehen. Jedesmal war er zu dem Schluß gekommen, daß er scheitern würde. Scheitern mußte.

Denn es gab kein Entkommen. Nicht vor der *Gehenna*.

14

Während Ralph durch den Park lief, verstärkte sich sein Gefühl, daß etwas nicht in Ordnung war. Ein ganzer Mob hatte sich hier ausgebreitet, zusammengesetzt aus Leuten, die man normalerweise um diese Uhrzeit nicht hier treffen würde. Der Grund für diese Unruhe und das Durcheinander schien der Rosengarten zu sein, der von tragbaren Scheinwerfern beinahe taghell erleuchtet war. Ein Polizeikordon versperrte den Zugang, und davor waren TV-Kameras aufgebaut, die auf den Rosengarten gerichtet waren. Genau wie die Zeigefinger etlicher Gaffer.

Anhand der Wortfetzen von vorbeigehenden Menschen konnte sich Ralph nach und nach ein Bild davon machen, was hier vor sich ging.

„Stammt zweifellos von Menschen . . ."

„Ganze Wagenladungen, hab ich gehört . . ."

„Hast du das mit dem Bein mitbekommen?"

„Nichts-genaues-weiß-man-nicht, aber man hört so, daß es einige Dutzend sein sollen. Alle zu Asche verbrannt . . ."

„Dutzende? Doch wohl eher hunderte . . ."

„Penner zu Dünger recyclen . . ."

Viel mehr bekam Ralph nicht mit. Er fragte sich, ob es wirklich eine gute Idee gewesen war, den Anhängern des Unternehmens das Fernsehen und andere potentielle Informationsquellen zu verbieten. Ralph ging weiter und begegnete einem unheimlichen Typ mit dicken Brillengläsern, der einen schwarzen Regenmantel trug. *Der typische Abschaum*, dachte Ralph. *Auch der hier wird schmoren, wenn der Tag der Abrechnung kommt.*

Dieser Gedanke verschaffte ihm eine gewisse Befriedigung. Ralph lief weiter auf einen Punkt zu, an dem er schon häufig das bekommen hatte, was er auch jetzt suchte.

Der dürre Althippie hockte auf wie üblich auf seiner Bank direkt neben den in voller Blüte stehenden Rhododendronbüschen. Der Halbmond und die Scheinwerfer vom Rosengarten warfen ein silbernes Licht auf seine Runzeln, seinen ergrauten Pferdeschwanz und die ausgefranste Tragetasche, die an seiner Schulter hing. Ralph wartete ab, bis der Hippie seine letzten Kunden abgefertigt hatte, drei ziemlich verlottert wirkende Teenager. Schließlich verschwanden sie in der Dunkelheit, nervös und erfreut über den abgeschlossenen Deal. Ralph ließ sich auf der Bank nieder.

„Viel los heute nacht“ meinte er.

Der Hippie zog seine Nase hoch. „Asche zu Asche“, sagte er unbekümmert. „Aber das Leben geht weiter“, fügte er hinzu und deutete auf einige Rosenblüten, die er auf der Sitzfläche der Bank zu einer Figur zusammengelegt hatte, einer Art Mandala. „Das Leben erneuert sich, oder was sagst du?“ Er hob eine der Blüten auf und bot sie Ralph an. „Eine Rose von den Toten, mein Freund?“

Ralph unterdrückte ein Schaudern. „Ich bin wegen etwas anderem hier.“

Der Hippie nickte weise. „Das Übliche?“

„Ja“, antwortete Ralph.

Der Hippie kramte aus seiner Schultertasche ein kleines, mit Folie umwickeltes Päckchen hervor. Ralph drückte dem Hippie einige Zwanzigdollarnoten in die Hand, stand dann auf und fragte: „Ist schon bekannt, wer den Mist mit dem Rosengarten gebaut hat?“

„Nee“, erwiderte der Hippie lächelnd.

„Was haben die da überhaupt gefunden?“

„Dazu gibt's 'nen ganzen Haufen wilder Geschichten“, sagte der Hippie nachdenklich. „Mein persönlicher Favorit ist soweit die, daß es sich um eine oder zwei Schubkarren voll verkohlter, menschlicher Knochen handelt. Ganz feine Asche. Noch feiner als die aus dem Krematorium.“ Seine Augen blitzten amüsiert. „Und ein Ohr.“

„Was?“ fragte Ralph. „Ein Ohr?“

„Außen angekokelt, aber innen noch ziemlich ganz“, tuschelte der Hippie. „Ein *menschliches* Ohr!“

„Warum?“ fragte Ralph. „Ich meine – wissen die schon was? Wieso ein Ohr?“

Der ältere Mann zuckte seine Schultern. „Nur

irgendso ein Psychopath, denke ich. Die Tanten vom Gartenklub sind vollkommen wahnsinnig. Mich würde es nicht wundern, wenn die Typen wie dich recyceln. Und Typen wie mich."

Dylan saß immer noch im Wagen und fragte sich, wo Ralph so lange blieb und was eigentlich im Park los war. Lars hatte die Stereoanlage abgedreht, um nicht unnötigerweise Aufmerksamkeit zu erwecken. Die Ruhe hatte den zusätzlichen Vorteil, daß man Gesprächsfetzen aus den Unterhaltungen der Passanten mitbekam. Bislang hatten die Stimmen allerdings nichts von sich gegeben, was von Bedeutung schien. Dylan interessierte sich momentan mehr für die Geräusche, die Nicks flaches, hektisches Einatmen verursachte.

Ein Paar eilte durch den Park. Ein Mann und eine Frau, beide in ihren mittleren Jahren, in ein Gespräch vertieft. Während sie an dem Wagen vorbeiliefen, rief die Frau gerade: „Schon seltsam, daß sie alle wie Ghule verschwinden."

Lars drehte sein Babygesicht zu Dylan. „Was ist denn mit *der* los?" meinte er mit einer Unschuldsmiene. Dann riß er seine Augen auf, als wollte er einen Ghul imitieren.

Arschkeks, dachte Dylan. Er lauschte, Nicks Atmen war noch flacher, noch schneller geworden. Fast wie ein Keuchen.

„Ah", meinte Lars, der den Weg zum Park beobachtete. „Wo wir gerade von Ghulen reden – der Dunkle Prinz kehrt zurück!“

Dylan sah, daß Ralph über den Weg auf sie zu lief. Schließlich erreichte er den Wagen, steckte seinen Kopf durch das geöffnete Fenster auf der Fahrerseite und warf Dylan und Nick einen scharfen Blick zu.

„Fehlanzeige, oder was?“ fragte Lars.

Ralph ließ sich mit der Antwort Zeit. Er fand es einfach zum Kotzen, wie Nick nach Luft schnappte und Dylan einfach stocksteif dasaß. Dann zog er ein Päckchen aus der Tasche. Er gab es Lars, während er unentwegt die beiden Passagiere auf der Rückbank beobachtete. Dann sagte er: „Tickets. Für die Show.“

Die Horrorshow, zuckte es durch Dylans Hirn.

Lars wickelte das Päckchen aus und begutachtete den darin enthaltenen Papierstreifen. Dann riß er fünf der briefmarkenähnlichen Stückchen ab und legte sie mit einer auf makabre Weise überschwenglichen Geste in Ralphs geöffnete Hand.

Ralph ging zu dem anderen BMW, lieferte die Trips dort ab und kehrte wieder zurück. Nachdem er eingestiegen war und die Tür hinter sich zugeknallt hatte, meinte er: „Ich habe soeben etwas hochgradig Interessantes herausgefunden.“

„Tatsächlich?“ meinte Lars, während er Ralph die verbleibenden Trips übergab.

„Tatsächlich“, erwiderte Ralph, der seinen ungemein nebensächlich wirkenden Tonfall beibehielt. „Die halbe Stadt ist in heller Aufregung, weil jemand dort im Rosengarten eine ziemlich grausige Entdeckung gemacht hat.“ Er drehte sich wieder zu Nick und Dylan um. „Ihr wißt nicht zufällig etwas darüber?“

Weder Nick noch Dylan hatten darauf eine Antwort parat. Nick, weil er einfach baff war, Dylan, weil sein Hals so ausgetrocknet war, daß er glaubte, nie wieder ein Wort herauszubekommen.

„Du sprichst doch nicht etwa von Asche, oder?“ fragte Lars.

„Mehr als Asche“, sagte Ralph. „Etwas, das nach allem Dafürhalten hätte Asche sein sollen. War's aber nicht. Nick? Dylan? Macht's da nicht irgendwo *ding-dong*?“

Sicher doch, Dylans Kopf verwandelte sich in einen ganzen verdammten Glockenturm.

Ralph atmete tief ein und brüllte: „Wie beispielsweise ein Ohr?“

Es war totenstill. Nick reckte sich. Dann sagte er mit unverkennbarer Verwunderung: „Ein *was*?“

Ein Lichtblitz fuhr durch Dylans Kopf, so hell, daß er in einem Reflex seine Augen schloß. Was natürlich nicht verhindern konnte, daß Ralphs Stimme zu ihm durchdrang: „Warum siehst du mich nicht an?“

Dylan hielt seine Augen fest geschlossen.

„Ich *rede* mit dir, Dylan."

„Ich weiß", murmelte Dylan. „Ich denke nur nach, Ralph."

„Denkst *worüber* nach?"

Das Ohr natürlich, dachte Dylan. Das Licht in seinem Hirn war verblaßt. Dafür breitete sich lähmende Resignation aus, und auch die Bereitschaft, die Wahrheit zu sagen. Dylan riß seine Augen auf und sagte: „Da war ein Ohr. In dem Sack mit Eedos Asche, meine ich."

Ralph studierte Dylans ausdrucksloses Gesicht. „Und das hast du einfach dagelassen", meinte er. „Im Rosenbeet."

Dylan nickte. „Sicher habe ich das."

„Warum?" fragte Ralph mit leisem Erstaunen.

„Weil ich dachte, daß man das von mir erwartet", antwortete Dylan.

„Und warum hast du das gedacht?" bohrte Ralph weiter.

Dylan zuckte seine Achseln. „Es war doch im Sack drin. Zwischen der Asche. Was sollte ich also sonst damit machen?"

Ralph war von dieser Antwort ziemlich geplättet. Seine Augen zogen sich zusammen, als er sagte: „Und dir ist gar nicht in den Sinn gekommen, daß es irgendwer finden könnte, zum Beispiel einer der Gärtner? Und auch nicht, daß dieser jemand damit direkt zur Polizei latschen würde?"

„Doch", sagte Dylan nur.

„Sag mal, bist du komplett . . . wahnsinnig?"

Sein letztes Wort hing in der Luft. Ein Fluch, eine Drohung. Tödlich.

„Vielleicht bin ich das, Ralph", sagte Dylan.

Ralph entfuhr darauf nur ein verärgertes Schnauben.

„Und vielleicht", meinte Dylan, „sollte das Ohr ja gefunden werden."

„Du mußt wirklich komplett verrückt sein", sagte Ralph leise.

„Aber denk' doch einmal darüber nach!" fuhr Dylan fort. „Warum war es denn in dem Sack – wenn es nicht gefunden werden *sollte*?"

Darauf hatte Ralph keine Antwort parat.

Nicks Hände zappelten plötzlich und er verbarg sie wieder zwischen seinen Knien. Lars sah Dylan mit hochgezogenen Brauen an. „Was faselst du da?"

Dylan zuckte wieder die Achseln. „Ich war es jedenfalls nicht, der die Asche in den Sack getan hat."

„Soll das heißen", warf Ralph mit einer Stimme ein, die nun doch etwas unsicher wirkte, „daß du dafür nicht die Verantwortung übernehmen willst?"

„Ja", sagte Dylan gleichmütig. „Denk doch mal nach – ich war es nicht, der die Asche fabriziert hat, um einmal damit anzufangen. Oder nicht richtig fabriziert hat, wenn man es so betrachtet."

Lars stieß verblüfft die Luft aus.

„Ich bin eben davon ausgegangen", sagte

Dylan, „daß wir solche Dinge nicht in Frage stellen dürfen. Was immer auch geschieht, wir haben es bedingungslos zu akzeptieren. Zu tun, was man uns befiehlt. Richtig?“

„Was zur Hölle ist los mit dir?“ knurrte Ralph.

„Vielleicht liegt das Problem gar nicht da“, antwortete Dylan, der selbst kaum glauben konnte, daß er das alles sagte, aber trotzdem aus irgendeinem Grund damit weitermachte. „Vielleicht liegt es ja bei jemand anders!“

„Bei wem, zum Beispiel?“ fragte Ralph scharf.

„Warum erzählst du mir nicht“, sagte Dylan, „was du Eedo erzählt hast? Kannst du dich daran erinnern, was du ihm erzählt hast?“

„Du bist ja bekloppt“, flüsterte Ralph. „Lars, schließ die Türen ab.“

Das Geräusch der Zentralverriegelung ertönte und die vier Schlösser schnappten zu.

„Du hast gesagt“, erzählte Dylan, „Nimm dein Papier, Eedo.“

Ralph starrte auf die gelblichweißen Papierstücke in seiner Hand.

„Und dann haben wir ihn angebellt“, redete Dylan weiter. „Wie Hunde haben wir den guten, alten Eedo angebellt. Spaßig, nicht?“

„Halt's Maul!“ fuhr Ralph ihn an. Offenbar war seine Geduld am Ende.

„Gib ihm einen *Hit*“, meinte Lars säuerlich, „dann tut er dir vielleicht den Gefallen.“

„Ich möchte zwei Hits“, sagte Dylan zu Ralf, „Oder nee, mach besser gleich drei daraus.“ Er öffnete die Hand.

„Okay“, murmelte Ralph, „Alles klar, hier, nimm.“ Er legte drei Papierquadrate in Dylans Hand, deren Finger unnatürlich verkrampft waren. „Nun zeig mir, wie du kaust, Alter. Und dann runter damit.“

Ohne zu zögern nahm Dylan die Blättchen mit der Zunge auf. Er kaute heftig und schluckte, bevor er zu seinen verblüfften Freunden meinte: „Los, Leute. Nehmt eure Medizin. Macht mal richtig Feuer.“

„Vollkommen Banane, der Typ“, meinte Lars kauend.

„Schlimmer noch“, sagte Ralph und warf dabei Dylan einen mißtrauischen Blick zu.

„Was soll ich's bestreiten“, erklärte Dylan. „Obwohl, habt ihr schon mal überlegt, ob ihr nicht auch verrückt seid?“

„Das überlasse ich dir“, entgegnete Ralph. „Kannst von mir aus die ganze Nacht darüber nachdenken.“

„Klar werde ich das“, versicherte Dylan ihm. „Oh, bevor ich es vergesse . . .“

Lars griff zum Radio und drehte die Lautstärke hoch. Trommelfellerschütternde Baßriffs fetzten durch den Wagen:

„*I wanna get high. Soooo high . . .*“

Dylan lehnte sich in den Sitz zurück und fühlte, wie sich ein seltsames Gefühl der Spannung in ihm ausbreitete. *Ich bin total verrückt,* dachte er. *Natürlich bin ich das, liegt eigentlich auf der Hand. Aber die anderen sind noch verrückter. Nur wissen sie es nicht. Noch nicht, aber bald. Sehr bald, vielleicht sogar schon heute nacht, werden sie begreifen, daß sie komplett wahnsinnig sind. Und soweit es mich betrifft, können sie mir den Buckel runterrutschen. Ich habe keine Angst mehr vor ihnen – und das können sie nicht kapieren, boshaft und abgedreht wie sie sind.*

Dylan schloß seine Augen. Vor *ihnen* habe ich keine Angst mehr, versuchte er sich zu überzeugen. *Oh nein, überhaupt nicht ...*

Tief in Dylans Innerem zerbrach etwas. Zerfiel einfach in seine Bestandteile.

15

Zehn Minuten später merkte Dylan, daß die Wirkung des Acids einsetzte. In seinem Magen brannte es, sein Körper begann zu vibrieren, in seinem Kopf begann es ätzend zu sprudeln. Er hatte noch nie so viel eingeworfen. Egal. Warum sollte er sich auch zurückhalten?

Warum sollte er sich *überhaupt* zurückhalten? Dylan dachte an Furcht. Die Grenzen der Furcht, die Orte, die er gleich besuchen würde, die er sich aber noch nicht vorzustellen vermochte. Schon jetzt empfand er mehr Angst als jemals zuvor in seinem ganzen Leben. Ein einfaches, reines Gefühl, ohne sichtbare Einschränkungen und mit der sozusagen schriftlich garantierten Verheißung, daß dies erst der Anfang war. Es gab nicht einmal die winzigste Chance, zu entkommen. Warum sollte er sich also dagegen wehren, anstatt sich ganz bewußt damit zu konfrontieren?

Warum sollte er die Angst nicht bewußt steigern? So weit er nur konnte? Einfach als Vorbereitung darauf, daß der Anführer seine Angst ohnehin über diese Grenzen hinaus bis ins Unermeßliche hochtreiben würde?

Obwohl man sich eigentlich gar nicht darauf vorbereiten konnte. Aber Dylan fühlte sich seltsam, wenn er nur daran dachte – ein seltsam kaltes Gefühl des Nervenkitzels. Er mußte daran denken, wie ihm einmal jemand erzählt hatte, daß das Wort Ekstase ursprünglich soviel bedeutete wie „aus sich herausgetreten sein“. Dylan hatte das nie richtig begriffen. Heraustreten? Aus sich selbst? Aber nun verstand er es, denn obwohl er eigentlich das genaue Gegenteil einer Ekstase durchlebte, war er herausgetreten. Jedoch nicht nur aus sich selbst, sondern aus der Realität. Und er hatte die Tür endgültig hinter sich zugeschlagen. Hatte die fernab liegenden letzten Tore durchschritten und befand sich in einer Phantomzone, aus deren Perspektive der Wagen, Ralph, der am Lenkrad sitzende Lars und der zitternde Nick – und ja, auch er selbst – so irreal wirkten wie die Spezialeffekte eines billigen Kinoschinkens. Wie ein unglaublich mieses Computerspiel. Irrelevant, künstlich, veraltet.

Kurz davor, von der Festplatte gelöscht zu werden.

Aber interessant war es alle Male, auf eine seltsam amüsante Weise. Dylan fühlte einen Stich der Nostalgie, als er an das hinter ihm liegende Leben dachte. Daß er sich in letzter Zeit miserabel gefühlt hatte und unter Selbstzweifeln litt, weil er gemerkt hatte, daß sein Glaube und seine Treue in ihre Bestandteile zerfielen, änderte nichts daran, daß er immer noch ein durchtrainierter junger Mann von 22 Jahren war. Ein Typ, der durchaus das Zeug dazu hatte, sich aufzuraffen und seine Ziele mit Nachdruck zu verfolgen. Wenn es ein bißchen besser gelaufen wäre, hätte er vielleicht eine großartige Zukunft vor sich gehabt. Reichtum und Glorie. Die Solidarität seiner Brüder. All das.

Und was hatte er jetzt? Einen Platz auf der Sitzbank eines BMWs, in dem er nie mehr sitzen würde. Drei ehemalige Brüder, die ihn nur noch haßten und fürchteten. Eine Nacht in San Francisco, die vom sauren Geruch eines herannahenden Gewitters durchsetzt war. Ein dunkler Himmel, von dem es gleich herunterschütten würde. Und irgendwo ein erdfeuchtes, letztes Bett für seine Asche. Wirklich wie ein echt trashiges Computerspiel, bei dem es darum geht, ein Stück Fleisch namens Dylan in einer heruntergekommenen Fabrik abzuliefern.

Kein Wunder, daß er meinte, aus sich herausgetreten zu sein. Natürlich trugen die Trips dazu bei, verstärkten seine Empfindungen. Der künstliche Wagen, die künstliche Dunkelheit hinter seinen Fenstern, die künstlichen Typen, neben denen er in seinem künstlichen Körper saß (einem Körper, der sich mehr und mehr anfühlte, als ob Dylan in Wirklichkeit *neben* ihm sitzen würde) – all das verlor langsam an Schärfe. Nicht, daß es sich einfach auflöste wie die Illusionen einer Computeranimation. Es war eher, als ob die Software durch die in immer dünner werdenden Schichten gezeichneten Bilder brechen würde, als ob sich langsam die künstliche Realität offenbarte, die *hinter der Fassade* lag – die digitale Pixelwolke, die diese Illusion geschaffen hatte.

In anderen Worten: was sichtbar wurde, waren die Nummern.

Die Nummern. *Die Essenz dessen, was wir sind,* dachte Dylan. *Sie erschaffen uns und vernichten uns, sind alles, was uns im großen Kontaktraum des Lebens Existenz verleiht. Kurz gesagt, ein Riesenhaufen von nichts. Eine Phantasie, die nur den Gierigen und Ehrgeizigen greifbar und real erscheint, in Wirklichkeit jedoch nur ein Spielzeug ist, eine gewaltige, durchsichtige Spielmaschine für den Ultimativen Gott der Nummern. Für ihn, der alle Nummern kennt. Für das grauenhafte Ding, das mir gleich zeigen wird, daß meine Nummer gezogen wurde.*

Es sei denn – ging es durch das sich brodelnd zersetzende Phänomen, das Dylan einst als sein Ich bezeichnet hatte – *es sei denn ...*

Es-sei-denn *was*? Dylan versuchte den Gedanken zu verfolgen, der gerade durch seinen Kopf gejagt war. Ein kaum greifbarer Gedanke, der im Vorbeijagen hoffnungsfroh aufblitzte wie ein Lichtreflex auf den Schuppen eines gewaltigen Fisches.

Wieder zog der Gedanke vorbei. Das Blitzen. Die Hoffnung. Aber sicher... warum war er erst jetzt darauf gekommen?

Dylan mußte nur versuchen, die Tatsachen logisch anzugehen:

Wenn er lediglich aus Wolken von Nummern bestand (tatsächlich konnte er jetzt die Nummern sehen, die wie Badeschaum aus den Löchern dieser saumäßig schlechten Simulation hervorquollen), warum konnte er sich nicht einfach auflösen? Einfach verschwinden lassen?

Vielleicht konnte er sich selbst einfach in Dampf verwandeln. Oder noch besser: gleich die ganze Simulation. Ihre Existenz auslöschen, sie *wegwünschen*, bevor der künstliche Wagen vor der künstlichen Fabrikruine hielt . . .

Ja, warum eigentlich nicht? Dylan bereitete sich darauf vor, dieser Aufgabe seine gesamte Konzentration zu widmen. Sicher, im Kontaktraum war er ein Versager, aber diese Nummern hier hatte er vollkommen im Griff – er würde sie beackern, bis die Schwarte kracht. Außerdem war es ja in diesem Fall viel einfacher. Zum Beispiel kam es nicht darauf an, dafür zu sorgen, daß irgendwelche Dinge passieren.

Er hatte nur dafür zu sorgen, daß sie nicht passierten.

Es schien bereits zu funktionieren. Das Phantom neben ihm, dieser Körper, in dem er sich nicht mehr befand, begann zu sprudeln wie Mineralwasser. Löste sich auf. Spaltete digitale Informationen in Form großer, durchscheinender Bläschen ab.

Und dann entdeckte Dylan, was sich dahinter verbarg.

Es war Nick. Nick, der Dylans körperloses Ich durch das sprudelnde Chaos hindurch ansah. Es kostete Dylan einiges an Anstrengung, seinen sich auflösenden Körper dazu zu bringen, etwas zu Nick zu sagen: „Hast wohl Probleme mich zu sehen, was, Nick?“

Der Satz klang unvollständig, wie bei einer schlechten Funkverbindung. Es fehlten einige Bits. Niedrige Auflösung.

„Ich seh dich sehr gut“, sagte Nick leise. Sein Mundwinkel zuckte, als er hinzufügte: „Du bist tot.“

„Tot“, wiederholte Dylan flüsternd. Das war aber voll daneben. Künstlich, ja. Tot, nein. Herausgetreten, ja. Weg, nein. Aufgelöst, ja. Eine Leiche, nein.

Nick zeigte mit dem Finger auf ihn und sagte etwas lauter: „Tot.“

„Ich *verschwinde*“, belehrte Dylan den Idioten.

Ralph drehte sich herum und betrachtete die künstlichen Mitfahrer auf der künstlichen Rückbank. Das Scheinwerferlicht eines entgegenkommenden Wagens fiel durch die Windschutzscheibe und umgab seinen Kopf mit einer flammenden Korona. Es sah fast aus, als ob er eine Flammenkrone tragen würde ... Ralph schien daran Spaß zu haben, denn er lächelte. Dann sagte er: „Verschwinden? Wieso bist du dann noch da, Dylan? Aber Nick hat zweifellos recht – du bist ein toter Mann!"

Die Flammenkrone fiel zusammen und flakkerte aus, wobei sie ein Nachleuchten hinterließ, das Ralphs aufmerksamem Gesicht Autorität und in gewisser Weise auch *Realität* verlieh. Dylan, oder besser gesagt das sprudelnde Chaos, das von ihm übrig geblieben war, erschauerte. Eine Erinnerung schoß in sein Bewußtsein – ein Kommentar, den Lars vorhin abgegeben hatte. Ein Kommentar über Ralph, um es genau zu sagen. „Wo wir gerade von Ghulen reden – der Dunkle Prinz kehrt zurück", hatte Lars gesagt.

Ein Ghul, dachte Dylan mit plötzlicher Gewißheit. Genau das ist er. Und prompt, wie zum Beweis, veränderte sich Ralphs Gesicht – verschrumpelte, trocknete aus, nahm einen äffischen Ausdruck an. Die Wangen wurden hohl, die Brauen, Lippen und sein Kiefer traten hervor. Eklig glänzende Borsten schlängelten sich aus seinen Nasenlöchern. Die Augen glänzten nun matt und trübe.

„Tot", wiederholte der Ghul grinsend und entblößte dabei blutrote Reißzähne.

Das wirkte für Dylan nun alles andere als künstlich. Im Gegensatz zu dem Wagen sah Ralph der Ghul echt aus, und Dylan wußte sofort, warum: Er hielt sich in der gleichen fremden Dimension auf wie Dylan. Was nur einen schrecklichen, logischen Schluß zuließ. Eine wirklich, wirklich fürchterliche Konsequenz:

Dylan bezweifelte, daß er diesen Ghul einfach *wegwünschen* konnte.

Er riß seine Augen von der Erscheinung los und sah zu Lars hinüber. Aber Lars saß gar nicht hinter dem Lenkrad. Statt dessen wurde der Wagen von einem anderen Ghul gesteuert – fleckige Stoßzähne, verfilztes Fell. Die Klauen auf dem Lenkrad. Der Gestank von Schwefel ... Dylan sah zu Nick herüber. Aber auch Nick war nicht mehr da. Ein dritter Ghul teilte jetzt mit ihm die Rückbank. Das monströse Wesen zischte ihn durch die gebleckten, nadelscharfen Zähne an.

Dylan konnte den Anblick nicht länger ertragen. Hinter den Fenstern glitt eine Welt vorbei, die immer noch künstlich wirkte. Aber hier, im Inneren des Wagens, war es mit der Künstlichkeit vorbei. Und Dylan wußte auch, warum: Er war von einer Eskorte umgeben, die eine wichtige Mission hatte – ihn an einen Ort des Grauens zu bringen.

Und nichts würde sie davon abhalten.

„*Tot!*" zischte ihn nun der Ghul an, der früher einmal Nick gewesen war.

Der fahrende Ghul nickte. „Tot", stimmte er zu.

Der Ralph-Ghul, der ihn immer noch ansah, zog die Nase hoch. „Absolut tot", erklärte er.

Dylan hob einen Arm, um sich vor dem durchdringenden Blick zu schützen. Obwohl sein nur noch aus einem sprudelnden Pixelmuster bestehender künstlicher Arm dazu ja eigentlich vollkommen ungeeignet war...

Doch dann war das Sprudeln plötzlich verschwunden. Sein Arm hatte sich keineswegs in Luft aufgelöst.

Statt dessen sah er verwestes Fleisch. Brandiges, zerfetztes Fleisch, darunter halb hervorstehende Knochen, schleimig glitzernd und bleich. Er sah an sich herunter – dasselbe grauenhafte Bild: die Brust, die Beine, die Füße eines Toten, alles eine eklige Masse verwesenden Fleisches.

Eine Leiche, dachte Dylan. *Ich bin tot*.

Der Wagen bog scharf nach links ab. Dylan erinnerte sich an diese Stelle, sie lag auf dem Weg zu dem Ort des Grauens. Ein Blick aus dem Fenster bestätigte seine Vermutung: Ein abgeblättertes Schild, ein weißlicher Fleck vor dem in der Dunkelheit lauernden Klotz des Gebäudes zeigte Worte, die ihm nur zu gut bekannt waren:

ACME DRY CLEANING

Dylan betrachtete das Schild genauer. Aus irgendeinem Grund wirkte es echt.

Dann begann der Wagen – besser gesagt: begannen *die* Wagen, enge Kreise zu ziehen, wieder und wieder. Kreisten und kreisten und kreisten, wobei ihre Scheinwerfer über die Fassaden der umliegenden Industriebauten huschten, so daß diese scheinbar um einen gemeinsamen

Angelpunkt rotierten, um ein Zentrum des Todes – das verwesende Grauen, das einst auf den Namen Dylan Fortner gehört hatte.

Dann endete die Kreisfahrt. Die beiden Wagen standen sich nun gegenüber und starrten sich mit aufgeblendeten Scheinwerfern an, getrennt von einer drei Meter breiten Kluft.

Vom Dach der Ruine des Acme-Gebäudes – Mit Nachtsichtgläsern – Beobachten – Beobachten, wie die jungen Männer aus ihren Wagen aussteigen – Beobachten, wie Ralph Colfax den fünf Neuen zuwinkt, den Novizen, denen aus dem zweiten Wagen – Die fünf beobachten – Wie sie in das kalte Feuer zwischen den sich anstarrenden Scheinwerfer schwärmen – Wie in ein Nest – Eine Falle – Eine Falle für Dylan Fortner –

Dylan stieg aus dem Wagen. Für eine Leiche fühlte er sich erstaunlich fit. Er war verwirrt, jetzt im Freien zu stehen, unter dem immensen, dunklen Dach des Himmels. Das Flammeninferno der Scheinwerfer steigerte seine Verwirrung. Es lief nicht so, wie er es sich vorgestellt hatte. Aus irgendeinem obskuren Grund war er damit jedoch höchst zufrieden, obwohl er nicht genau sagen konnte, warum. Was ziemlich dämlich war. Aber was sprach in diesem Augenblick schon dagegen, sich dämlich zu verhalten?

Warum sollte er nicht versuchen, seine Dämlichkeit auf die Spitze zu treiben?

Er lächelte. So dämlich er nur konnte.

Und dann betrachtete er die anderen.

Junge Typen. Neulinge, frischgebackene Novizen des Unternehmens. Im Gegensatz zu Ralph, Lars und Nick sahen sie keineswegs wie Ghuls aus.

Eher wie Dämonen, junge, gierige Dämonen. Schlimmer als Ghuls, weil sie rein körperlich immer noch recht menschlich wirkten – normale, kräftige Jungen mit sehr kurzgeschorenem Haar.

Aber das war nur eine Täuschung. Dylan wußte das ganz genau, konnte es an ihren Absichten erkennen. Diese Typen waren nichts anderes als Bestien der Hölle. Bestien im Rang von Novizen – Erstsemester, sozusagen. Zweifellos die Schlimmsten überhaupt, davon war Dylan überzeugt.

Schließlich hatte er selbst einmal dazugehört. Eine Bestie, die zum ersten Mal Blut lecken darf.

Ein recht großer Junge hob seine Hand und spreizte die Finger wie Klauen, um einen grauenhaften, krähenartigen Schrei auszustoßen: „*Krah!*"

Krah? dachte Dylan, vor dessen Augen alles zu verschwimmen begann.

Dann stimmten auch die anderen ein: „*Krah! Krah!*"

Langsam fiel Dylan wieder ein, warum er hier war. Er stand stocksteif da und fühlte zum ersten Mal an diesem Abend den eiskalten Stich nackten Terrors. Das *Krah!* schien wie messerscharfe Klauen seine Haut zu durchdringen und dabei ein Gift zu hinterlassen, das jeden Muskel in seinem Körper lähmte, jeden Fluchtinstinkt unterdrückte, jeden Widerstand im Keim erstickte.

Also stand er nur da und nahm es in sich auf: „*Krah! Krah!*“

Plötzlich stürmten die Ghuls und Bestien wieder zu den Wagen und drängten sich hinein. Türen schlugen zu, Seitenfenster surrten herunter, Baßläufe rumpelten über das dunkle, von Fabrikgebäuden umsäumte Gelände.

Dylan stand allein im infernalischen Bad des Feuers.

Reifen quietschten und Scheinwerfer zuckten, als die Wagen nun begannen, ihn zu umkreisen. Sorgfältig synchronisiert, wie Wölfe, die nach einem exakten Plan die Qual ihres Opfers steigern wollen. Die Typen lehnten sich johlend aus den Fenstern. Dylan zitterte, als er diese vorletzte Phase des auf ihn zukommenden Martyriums in sich aufnahm. Sein Kopf war leer, ausgepumpt, jeder Funke eigenen Willens erstickt. Scheinwerfer und Rücklichter zogen leuchtende Bänder hinter sich her, die sich zu einem Strudel vereinigten, dem er nicht zu entrinnen vermochte. Einem Strudel, der ihn unweigerlich zum nächsten Akt des Dramas mitreißen würde. Der ihn dazu zwang, an dem Ritual bis zum bitteren Ende teilzunehmen.

Und er folgte diesem Zwang. Mit der hilflosen Selbstaufgabe eines Mannes, der auf den Rand einer Klippe zurast, der auf den Rand eines Vulkankraters zustürmt, rannte er nun auf die baufällige Vorderwand des Acme-Gebäudes zu. Immer näher und näher kam der dunkle Schatten des Lochs, aus dem das ominöse Leuchten drang. Eine beinahe tödliche Dosis Adrenalin trieb ihn an, gepaart mit einem unverständlichen Rausch des Terrors – die perfekte Mischung aus Empfindungen, um sich haltlos durch einen Tunnel in die Hölle zu stürzen.

Er raste durch das Loch und meinte dann wirklich, durch einen Tunnel zu fallen, obwohl seine Füße immer noch den Boden berührten. Er war nun an einem Ort, an dem andere Gesetze der Geometrie galten – an dem Wurmlöcher der Zeit und des Raumes existierten, die nichts mit der Welt der Lebenden gemeinsam hatten. Er stürzte, und es wurde dunkler, immer dunkler . . .

Dann prallte Dylan gegen etwas, mit dem er überhaupt nicht gerechnet hatte. Das Ding, was immer es war, ergriff ihn. Hielt ihn mit ungeheuer starken Armen fest.

Es waren die Arme eines Mannes, den Dylan noch nie zuvor gesehen hatte. Die Arme eines Fremden.

Und sie ließen ihn nicht los. Dylan begann unkontrolliert zu zittern, wie ein Hase, der in eine Falle geraten war.

16

Frank Black schloß seine Arme noch fester um den jungen Mann. „Keine Angst“, sagte er in beruhigendem Tonfall, „ich werde dir nicht wehtun. Alles okay.“

Der Junge war davon keineswegs überzeugt. Mit gläsernem Blick und schweißnaß starrte er Frank an, als ob er der Teufel persönlich sei. Er wirkte komplett durcheinander, konnte nicht denken. Und auch nicht sprechen. Vielleicht nicht einmal zuhören.

„Komm schon“, sagte Frank nachdrücklich, „wir sollten zusehen, daß wir hier rauskommen. Das willst du doch, oder?“

Der Junge zitterte immer noch. Frank spürte die Macht eines alles überschattenden Terrors und auch ganz unzweifelhaft die Wirkung einer potenten Droge. Beides überraschte ihn nicht. Frank war überzeugt davon, daß dieser Junge exakt dasselbe durchgemacht hatte wie Eedo Bolow. Genauer gesagt: einen guten Teil dessen, was Eedo in seinen letzten Stunden erleiden mußte. Ein Glück für diesen Jungen, daß der Ablauf des Spiels vorzeitig beendet wurde. Frank starrte in das Dunkel unter der Decke der Halle. Jemand, oder etwas, versteckte sich da oben. Ein Wesen, in dessen grausiges Fest

Frank sich als Spielverderber eingemischt hatte. Höchste Zeit, von hier zu verschwinden.

Frank ergriff mit einer Hand den Arm des Jungen, um ihn zu der zerfallenen Wand zu führen oder gewaltsam dorthin zu zerren, egal. Nach einigen Metern erlahmte der Widerstand, aber Frank ließ den Arm nicht los. Noch waren sie nicht in Sicherheit, noch konnte alles Mögliche passieren.

Zum Beispiel könnte der Junge sich losreißen. Außerdem gab es die nicht einmal unwahrscheinliche Möglichkeit, daß eine geflügelte Kreatur aus dem Dunkel heruntersegeln könnte, um sich auf sie zu stürzen.

Dann waren sie endlich aus dem Gebäude heraus. Frank führte seinen Fang über das Pflaster des Hofes und die Zufahrt herunter bis zu der versteckt liegenden Stelle, an der er seinen Wagen abgestellt hatte.

Auf dem Dach von Acme – Durch Nachtsichtgläser – Beobachten – Wütend beobachten – Mit ungeheurem Haß – Beobachten, wie der Eindringling Fortner wegführt –

Der Plan ist gescheitert – Nicht, wie es sein sollte – Absolut nicht – Trotzdem – Noch ist nicht alles verloren – Nein – Noch nicht – Noch nicht –

Frank fuhr den Wagen in die Tiefgarage des SFPD und gab der wachhabenden Beamtin durch eine Geste zu verstehen, daß er Hilfe benötigte. Die schlanke Frau kam näher und warf einen Blick auf den auf dem Beifahrersitz zusammengekauerten, aschfahlen Jungen. Sie nahm die verständnislos starrenden Augen und den Speichelfaden zur Kenntnis, der von seinem Mundwinkel herunterlief. Und dann bemerkte sie die Handschellen.

„Eine Festnahme?“ fragte sie.

Frank schüttelte seinen Kopf und warf einen Blick auf die Dienstmarke der Frau. „Zur Beobachtung, Officer Trent. Wäre sicher nicht schlecht, wenn wir da oben Kaffee hätten. Und Mike Atkins, Peter Watts, Jim Penseyres. Könnten Sie am Empfang Bescheid sagen?“

„Ja“, antwortete Trent, während sie die Beifahrertür öffnete. „Was soll ich denen sagen?“

Frank dachte kurz nach. „Nun – sagen Sie Watts, daß ich diesen Jungen bei Acme Dry Cleaning gefunden habe. In ziemlich übler Verfassung.“

Trent nickte und wandte sich an den Jungen. „Komm schon, mein Junge – wir haben oben etwas zu erledigen.“

Der Junge rührte sich nicht. Ihm war nicht anzusehen, ob er die Aufforderung überhaupt verstanden hatte.

„Vollkommen weggetreten“, kommentierte Trent.

„Man muß ihn nur ein wenig vorantreiben“,

sagte Frank müde. „Beim Händchen nehmen. Ich glaube kaum, daß er aufmucken wird – aber wenn Sie Hilfe . . .“

Trent hatte bereits ihr Handy hervorgezogen und drückte eine Schnellwahltaste. „Tiefgarage. Ich bin’s, Trent. Brauche eine Eskorte für einen Zombie.“

Der Junge zuckte zusammen.

„Endlich ein Lebenszeichen“, meinte Trent. „Wie heißen wir denn, mein Alter?“

Wieder keine Reaktion. Trent kniff nachdenklich die Lippen zusammen. Dann griff sie mit beiden Händen zu und zerrte den Jungen an seiner Jacke aus dem Wagen.

Frank kreuzte seine Arme auf dem Steuerrad, um seinen Kopf darauf zu betten, der plötzlich schmerzte. Erst jetzt wurde ihm bewußt, was in dieser Nacht passiert war. Er war heilfroh, daß er und der Junge es mit heiler Haut bis hierhin geschafft hatten. Und er verspürte Erleichterung, weil er das Acme-Gelände aufgesucht hatte, ohne überhaupt eine Vorstellung davon zu haben, was er dort finden würde – und dort auf etwas gestoßen war, dessen Bedeutung selbst seine kühnsten Erwartungen übertraf: Die BMWs. Die kurzgeschorenen jungen Männer. Das Spiel des Terrors, das sie mit ihrem Opfer begonnen hatten. Das Opfer, das seinem eigenen Untergang entgegenrannte. Und dabei in Frank hineingelaufen war.

Und während der ganzen Zeit hockte dort oben im Gebälk der Decke eine gefährliche Kreatur... Frank brauchte dringend eine Erholungspause.

Er stellte den Wagen ab, stieg aus und lief zum Ausgang der Tiefgarage, um einen nahegelegenen Ort aufzusuchen, an dem etwas angeboten wurde, das ihn von seinen Problemen ablenken würde.

Vierzig Minuten später betrat Frank die Galerie neben dem Befragungsraum. Mike Atkins stand an der großen Glasscheibe und beobachtete, wie Watts und Penseyres mit dem Jungen vorankamen. Bereits auf den ersten Blick stellte Frank fest, daß es nicht gut lief. Der Junge wirkte verstört und abwesend. Watts' Stimme ertönte blechern aus dem Lautsprecher, als er fragte: „Seit wann bist du in San Francisco?"

„Weiß nicht", antwortete der Gefragte. „Was meinen Sie denn?"

„Komm schon", mischte sich Penseyres ein. „Was hat sich heute nacht da draußen abgespielt?"

„Mein Name ist Bob Smith", murmelte der Junge.

Frank ging auf Atkins zu und reichte ihm einen von zwei Styroporbechern mit Kaffee, die er mitgebracht hatte. „Irgendwas Neues?"

„Noch nicht", antwortete Atkins dröge. „Er behauptet, daß er Bob Smith heißt." Seine Augen richteten sich kurz auf die Scheibe, um den Jungen anzusehen. „Meint, daß wir mit einem toten Mann sprechen."

Frank fiel dazu nichts ein.

Atkins sah ihn durchdringend an. Offenbar brannte ihm eine Frage auf den Lippen. „Was hast du da draußen gemacht, Frank?"

„Ich bin einfach aus Neugierde dort hin gefahren", erwiderte Frank ruhig. „Ich wollte wissen, was dort passiert ist."

„Und?", bohrte Atkins weiter.

Frank warf einen Blick auf den Jungen, um seine Antwort sorgfältig zurechtzulegen. „Ich glaube, ich weiß, wovor er Angst hat."

Atkins sah Frank nachdenklich an, dessen Augen undurchdringlich erschienen. „Dann solltest vielleicht du mit ihm reden", sagte Atkins nach einer kurzen Pause.

Frank atmete tief ein und sagte nur: „Ja."

Frank betrat den Befragungsraum, einige Minuten nachdem Watts und Penseyres ihn verlassen hatten. „Bob Smith" mied seinen Blick. Frank setzte sich an den Tisch, worauf der Junge seinen Stuhl zur Wand drehte und die Schultern hochzog. Offenbar wollte er nicht hier sein. Und schon gar nicht mit Frank reden.

Kein Problem für Frank. Er beobachtete ihn. Und wartete.

Die Zeit verging, und dem Gefangenen, der Franks Aufmerksamkeit so sehr in Anspruch nahm, wurde zunehmend unwohler.

„Du hast es gesehen, nicht wahr?“ meinte Frank schließlich.

Auf diese Frage hin drehte der Junge seinen Kopf langsam zu ihm hin.

„Du hast dieses grauenhafte Gesicht gesehen“, fuhr Frank fort. „Genau wie Eedo. Du hast den roten Regen gesehen und das Gesicht der Bestie.“

Ein aufmerksamer, furchtsamer Blick richtete sich auf Frank.

Hinter der Glasscheibe, vom Befragungsraum aus nicht zu sehen, tauschten Atkins, Watts und Penseyres aufgeregte Blicke aus.

„Ich hab’s auch gesehen“, erzählte Frank mit sanftem, sachlich wirkendem Nachdruck. „Ich weiß, warum du Angst hast.“

Der Junge starrte Frank noch eindringlicher an. Ihre Blicke begegneten sich und Frank erwiderte den Ausdruck in den Augen des Jungen auf seine eigene, unnachahmliche Art.

Eedo zerfleischt ... Sein Gesicht malträtiert, die Lippen zerfetzt ... Eedos Gesicht, voller Horror, als die Reißzähne zuschlagen ... Der rote Regenschauer ... Und noch etwas ... Etwas Neues ... Eine menschliche Gestalt ... Blitzartig vergehende Eindrücke eines menschlichen Gesichtes ...

Frank befreite sich aus seiner Vision und sah wieder den kreidebleichen Jungen an, der hier vor ihm im Befragungsraum saß. Dann sagte er: „Du bist hier in Sicherheit.“

Der Mund des Jungen verzerrte sich zu einem ungläubigen Ausdruck der Verachtung. „Nirgendwo ist man davor sicher!“ erklärte er, während sich in seinen Augen abgrundtiefe Verzweiflung mit dem Glanz des Fanatismus vermischte. „Sie wissen überhaupt nicht, womit Sie es hier zu tun haben!“

„Wie könnte es dir hier etwas anhaben?“ fragte Frank.

Die Frage wurde mit eisiger Verachtung quittiert.

„*Was* könnte es dir hier antun?“ drängte Frank.

„Sie verstehen es nicht“, murmelte der Junge, über dessen Gesicht nun ein Zitterkrampf lief. „Es weiß alles. Einfach alles. Auch über die *Nummern.*“

„Welche Nummern?“ fragte Frank, dessen Puls sich plötzlich beschleunigte.

„Die, aus denen alles besteht!“ fuhr ihn der Junge an.

„Telefonnummern, Seriennummern, Kreditkarten ... Sie und die anderen, wir alle bestehen doch aus diesen Nummern! Es kennt Ihre Nummern, und damit weiß es auch, wer Sie sind!“

Frank überlegte erstaunt, was dieser Gefühlsausbruch zu bedeuten hatte. „Und was verlangt *es* von euch?“

„Unterwerfung“, platzte es aus dem Jungen heraus, gefolgt von einem explosionsartigen, verzweifelten Würgen. „Gläubigkeit und Gehorsam!"

Frank überlegte. „Und dafür . . .?"

„Macht, einen Teil der Macht, wenn das Ende erst einmal gekommen ist", antwortete der Junge. Er setzte eine Grimasse des tiefen Schmerzes auf, des Bedauerns. Der Wut. „*Wenn die immerwährenden Feuer im Jahr des Schicksals wüten*", fuhr er fort. „*Wenn die Schwachen und Wankelmütigen der Gerechtigkeit zugeführt werden.*"

Frank schwieg. Er wollte mehr erfahren.

Der Junge gab ein ersticktes Schluchzen von sich und seine Augen füllten sich mit Tränen. „Sie haben uns erzählt, daß wir *reich* sein werden", sagte er verbittert. „Daß wir die Auserwählten sind. Daß Disziplin der Weg zur Erlösung ist, und daß Wohlstand mit Macht gleichzusetzen ist." Tränen liefen ihm übers Gesicht. „Sie haben gesagt, daß wir einfach gehen könnten, wann immer wir wollen, aber das war nur eine Lüge. Keiner durfte gehen. Statt dessen haben sie uns gegeneinander ausgespielt."

Frank stellte sich wieder Eedo vor, der sich wand und um sich schlug. Blut spuckte . . .

Die Bestie schlägt zu . . . Das geflügelte Ding segelt herab wie ein Raubvogel . . . Die Schnauze aufgerissen, die Reißzähne . . . Und doch, da ist etwas Menschliches . . . Ein Gesicht, Teile einer militärischen Ausrüstung . . . Eine

Brille ... Nein, ein Nachtsichtgerät ... Das menschliche Gesicht wird unscharf und da ist wieder das Maul der Bestie – mordlüstern, gierig, schluckend ... Zügellos ... Ein Gesicht, dessen Anblick normale Menschen hilflos macht ... Absolut hilflos ...

Frank zog scharf die Luft ein. Er stellte seine nächste Frage, obwohl er die Antwort bereits kannte: „Hat *es* Eedo Bolow getötet?“

„Ja“, nickte der Junge. Seine Stimme hatte einen neuen Unterton angenommen, klang nun willenlos, resignierend, während in seinen Augen der Abglanz einer anderen Welt lag. „Weil er ein Schwächling war“, fuhr er langsam fort, „und weil er keine Disziplin mehr hatte, genau wie die anderen. Genau wie ich. Und wenn man seine Disziplin und seinen Glauben verloren hat, dann kommt es, um einen zu verschlingen. Und nichts kann einen dann noch retten.“

Frank wollte etwas einwenden, aber der junge Mann strahlte eine Ernsthaftigkeit aus, die keinen Widerspruch duldete.

„Sie können mich nicht vor *ihm* retten“, fuhr der Junge fort, um Frank wieder direkt in die Augen zu sehen.

Doch Frank merkte, daß der Blick ihn in Wirklichkeit gar nicht traf. Zwar stimmte die Richtung, in die die Augen des Jungen blickten, doch fiel der Blick einfach durch ihn hindurch. Weit hindurch. In eine Realität, in der weder

Frank noch der Beobachtungsraum eine Rolle spielten.

Dann drehte der Junge namens Bob Smith sich schnell weg und begann, seinen Kopf zu schütteln, als hätte er soeben einen Anfall erlitten. Frank bemerkte, daß auch er den Atem angehalten hatte. Zwei Sekunden vergingen. Doch der Junge atmete nicht.

Irgend etwas war faul, verdammt faul. Das Gesicht des Jungen lief rot an und seine Augen traten hervor. Die Venen an seinem Hals blähten sich auf, bis sie wie dicke Taue wirkten.

Frank sprang hoch und packte den Jungen bei den Schultern. Steif. Gelähmt. Die Kiefer fest geschlossen, der Mund verkrampft. Und immer noch starrten die Augen in eine unbekannte Ferne. Betrachteten etwas, das man besser nicht ansehen sollte . . .

„Hey!“ brüllte Frank, während er sich bemühte, den zusammensackenden Körper abzufangen.

Atkins, Watts und Penseyres stürmten in den Raum. „Holt einen Arzt!“ schnappte Atkins. Penseyres raste sofort los.

Frank versuchte, die Kiefer des Jungen auseinanderzuzwängen. Unmöglich, hart und unbeweglich wie Stein. Hastig löste er das T-Shirt des Jungen aus dem Hosenbund und begann, den Brustkorb des Jungen zu massieren.

Watts beugte sich herunter und stützte den

Kopf des Jungen in seine Hände. „Zur Hölle noch mal! Was ist mit ihm passiert?"

Frank bearbeitete unentwegt mit seinen Handflächen den Brustkorb des Jungen. Sein Gesicht war zu einer Maske der Konzentration erstarrt, als versuche er, den sich versteifenden Körper allein durch die Kraft seines Willens wiederzubeleben. „Atme, verdammt!" bellte er den Jungen an. „Atme!"

Aber Bob Smith wollte nicht atmen. Von seinen Augäpfeln war nur noch das Weiße zu sehen. Speichel lief aus seinem Mund. Dann sank sein Kopf leblos zur Seite.

„Nein!" brüllte Frank. „Verdammt, halte durch!"

„Frank", sagte Watts scharf.

Doch Frank drückte und massierte weiter.

„Frank!" rief Watts.

„Oh mein Gott", stammelte Frank.

„Er ist tot, Frank", sagte Watts in leiserem Ton. „Tot."

Frank starrte die Leiche fassungslos an. „Ich habe ihn verloren", flüsterte er. „Erst gerettet, und dann wieder verloren . . .."

Watts half Frank auf die Füße. „Los, gehen wir", sagte er traurig, „Du hast alles getan, was du tun konntest."

17

Am nächsten Morgen unternahm Frank einen langen Spaziergang durch den Victory Park, San Franciscos Gedenkstätte für die Opfer des Krieges. Es war ein schöner, heller Tag und der Himmel wurde nur von wenigen Wolken getrübt. Die Stadt war von den typischen Statisten okkupiert, die ein normaler Wochentag mit sich bringt: Eilige Geschäftsleute und Lieferanten, Kinder auf Fahrrädern, herumbummelnde Touristen, Busse und noch mehr Busse, der auf- und abschwellende Strom des Straßenverkehrs.

Frank blieb an dem Obelisken stehen, der das eigentliche Mahnmal des Parks darstellte. Er betrachtete die vier Flaggen der einzelnen Heeresgattungen, in deren Mitte die Bundesflagge der Vereinigten Staaten wehte. Die Insignien der Vaterlandstreue und des größten Opfers. Zur Ehre, zur Asche.

Hier sollte schon bald ein Treffen stattfinden. Frank genoß es, bis dahin mit seinen Gedanken allein zu sein. Er verbrachte einige Minuten damit, die Wirkung des Monumentes in sich aufzunehmen. Im Hintergrund entdeckte er einen Baukran, dessen Form sich scharf vom Himmel abhob. Sozusagen ein Mahnmal der anderen

Art, das ihn daran zu erinnern schien, daß das Leben auch im Schatten des Todes seinen Lauf nimmt.

„Geh nach Hause, Frank“, sagte eine vertraute Stimme.

Frank drehte sich zu Mike Atkins um. Haare wie Schnee, ein warmherziger, besorgter Blick. Aber auch Zielstrebigkeit und eine fast väterliche Autorität; Eigenschaften, die Frank an seinem Kollegen schätzen gelernt hatte. An seinem guten Freund.

„Ich glaube, du solltest nach Hauses gehen“, fuhr Atkins fort, „und nach deiner Familie sehen. Und dich ein bißchen ausruhen.“

Franks Gesicht zeigte deutlich, was ihm keine Ruhe ließ. „Dieser Junge, Mike“, murmelte er, „er ist vor Furcht gestorben.“

„Er war so vollgepumpt mit LSD, daß wir nicht sagen können, woran er genau gestorben ist“, erwiderte Atkins.

„Er konnte sich nicht davon losreißen“, meinte Frank nachdenklich. „Was immer es auch gewesen ist ... was kann so eine Macht über jemanden haben, daß er sich davon nicht lösen kann?“

„Was du da letzte Nacht gesehen hast“, meinte Atkins vorsichtig, „das Gesicht einer Bestie ...“

„Ich habe es vorher schon einmal gesehen“, entgegnete Frank in einem Tonfall, der sowohl Verwunderung als auch Überzeugung ausdrückte, „und zwar an dem Tag, als ich hier angekommen bin."

„Ich kenne das Gesicht des Bösen, Frank", gab Atkins zurück. „Ich habe ihm in die Augen gesehen und es hat zurückgestarrt. Aber es war immer das Gesicht eines Mannes. Das Gesicht eines Menschen."

Frank schwieg. Das war ein Punkt, über den er im Moment nicht reden wollte.

„Ich habe immer geglaubt", fuhr Atkins fort, „daß das Böse in einem kalten Herzen entsteht, und durch eine Art Willensschwäche."

„Ich auch", sagte Frank nur.

Die beiden Männer sahen sich an. Beiden fielen keine passenden Worte ein, um das zu beschreiben, was sie in den letzten Tagen erlebt hatten. Aber in den Augen des anderen fanden sie eines bestätigt:

Dieser Fall war anders als alles, was sie bisher gesehen hatten.

Einige Stunden später stand Frank wieder vor seinem Haus auf der langen Metalleiter und versuchte, den Bewegungsmelder richtig einzustellen.

„Hey, Frank!" trötete die durchdringende Stimme von Jack Meredith.

Frank sah hinunter in das runde Gesicht seines Nachbarn. Wie üblich leuchtete es vor Fröhlichkeit und unbezähmbarer Neugierde.

„Habe gesehen, daß Sie ein paar Tage fort

waren, äh?“ fragte Meredith in einer besonders hohen, um eine möglichst explizite Antwort heischenden Tonlage. „Arbeit?“

„Hi, Jack“, antwortete Frank geduldig. „Ja. Arbeit.“

„Für diesen Beratungsverein, von dem Sie schon mal erzählt haben?“

„Ja.“

„Beratung“, schwatzte Meredith. „Das ist eins von diesen Worten, wo man nie weiß, was wirklich damit gemeint ist, wissen Sie . . .“

„Nun“, entgegnete Frank, während er die Leiter herunterstieg, „man legt uns ein Problem vor, und dann versuchen wir, es zu lösen.“

„Ach so, klar“, sagte Meredith eifrig. „Und . . . haben Sie das Problem gelöst, an dem Sie diesmal gearbeitet haben, Frank?“

Frank sah Meredith einige Sekunden lang nachdenklich an. „Nein“, sagte er dann. Sein Blick verschleierte sich, da die Formulierung einer passenden Antwort ihn in eine ganz andere Welt entriß. „Nein, wir haben es nicht gelöst, Jack. Ich bin nicht richtig weitergekommen.“

„So’n Pech auch“, meinte Meredith mit einem Blick des Mitgefühls.

Frank sah betont in eine andere Richtung. So betont, daß sogar ein Jack Meredith erkennen mußte, daß die Unterhaltung damit beendet war. „Ja, wir sehen uns, Frank.“

„Ja, sicher werden wir das, Jack“, lächelte Frank unverbindlich.

Am Abend, kurz bevor er normalerweise zu Bett ging, beschäftigte Frank sich mit einem Lesestoff, den er seit einer ganzen Weile nicht mehr angerührt hatte. Er saß in seinem Schlafanzug auf dem Rand des Bettes, die metallgerahmte Lesebrille schräg und weit vorn an seiner Nase festgeklemmt. Auf seinem Schoß lag ein ziemlich dickes Buch. Die Bibel.

Beim Durchblättern fiel ihm eine Stelle ins Auge, Epheser 6, 12:

„Denn wir haben nicht mit Fleisch und Blut zu kämpfen, sondern mit Mächtigen und Gewaltigen, nämlich mit den Herren der Welt, die in dieser Finsternis herrschen, mit den bösen Geistern unter dem Himmel."

Frank dachte kurz über die Bedeutung dieses Satzes nach. Dann blätterte er rasch zurück, um eine andere Stelle zu suchen, die er kurz vorher gelesen hatte – Matthäus 25, 41:

„Geht hin von mir, ihr Verfluchten, in das ewige Feuer, das bereitet ist dem Teufel und seinen Engeln!"

Die Worte brannten sich in Franks Gedächtnis ein und beanspruchten seine gesamte Aufmerksamkeit.

Catherine betrat das Schlafzimmer, sie hatte bereits ihren Bademantel an. „Hast du Jordan schon Gute Nacht gesagt?"

„Ja", antwortete Frank und legte die Bibel zur Seite.

Catherine warf einen Blick auf den Umschlag

des Buches. „Ein echter Reißer“, frotzelte sie. „Voller Intrigen, Morde, Gewalt . . .“

Frank nickte geistesabwesend. „Ja“, stimmte er ihr dann mit einem etwas künstlich wirkenden Lächeln zu.

„Suchst du nach moralischer Läuterung?“ fragte Catherine zuckersüß. „Oder lediglich nach leichter Gute-Nacht-Lektüre?“

Frank zuckte die Achseln. „Nach Antworten, denke ich“, antwortete er mit undurchsichtiger, grüblerischer Miene. „Wegen einer Sache, die unten in San Francisco passiert ist.“

„Handelt es sich um etwas“, fragte Catherine, „worüber du sprechen möchtest?“

„Ich bin nur verwirrt, weil es eine Sache gibt, von der ich bislang immer dachte, daß ich sie verstehe“, entgegnete Frank. „Ich meine das *Böse,* beziehungsweise, was es genau ist.“

„Du meinst, was dahintersteckt?“, fragte Catherine, während sie sich auf den Rand des Bettes setzte.

Frank nickte und meinte: „Es sieht aus, als ob das alte biblische Konzept vom Einfluß des Teufels seine Gültigkeit verloren hat.“

Catherine dachte darüber nach. „Ich denke, es ist eher die Sprache, die sich geändert hat“, sagte sie dann. „Ich glaube, daß wir heute durch unsere Wissenschaft, vor allem durch die Psychologie, besser begreifen, warum Menschen Böses tun.“ Sie seufzte. „Ich seh’s ja jeden Tag bei der Arbeit – aus mißhandelten

Kindern werden Erwachsene, die andere mißhandeln."

Frank sah rasch zu ihr herüber. „Demnach läge die Ursache des Bösen also in uns selbst", meinte er mit einem Anflug des Zweifels in seiner Stimme.

„Meinst du damit, das wir alle dazu fähig wären?" fragte Catherine.

Scheinbar hatte Frank ihre Frage nicht gehört. „Vielleicht ist es auch etwas, das von außen kommt", fuhr er mit sehr ernster Stimme fort. „Eine Macht oder ein Wesen, daß dort lauert, bis es einen neuen Mord provozieren kann, eine neue Vergewaltigung. Einen neuen Holocaust."

Catherine blinzelte. Sorgfältig legte sie sich einen Tonfall zurecht, der unterstreichen sollte, wie sehr sie Franks Probleme berührten. Dann sagte sie: „Ich glaube, das fragt sich eigentlich jeder, der etwas eingehender über das Leben nachdenkt."

Frank sah sie bekümmert an. „Wie würdest du es einem Kind erklären? Was soll ich Jordan sagen?"

Für einen Augenblick wurde Catherines Gesicht von Sorge überschattet. Doch dann erhellte es sich wieder und sie schlug in beruhigendem Ton vor: „Vielleicht solltest du ihr einfach Gute Nacht sagen?"

Frank hob seine Brauen. Der recht nüchterne Vorschlag seiner Frau schien ihm zu gefallen.

Dankbar beugte er sich zu Catherine hinüber und gab ihr einen zärtlichen Kuß.

Als Frank Jordans Zimmer betrat, schlief sie bereits. Sie lächelte im Schlaf, als er sich über sie beugte, um sie ein wenig vom Rand des Bettes wegzuziehen und sie wieder bis zum Kinn zuzudecken. Dann erhob er sich wieder und blieb eine Weile stehen, um das friedliche Gesicht seiner Tochter zu betrachten. Ein Gefühl des Glücks stieg in ihm auf und ein Lächeln zog über sein Gesicht, zum ersten Mal seit langer Zeit.

Einige Minuten später schaltete Frank das Licht in seinem Arbeitskeller ein und drückte den Netzschalter des Computers.

Zur Bibel hatte er keineswegs aus Langweile gegriffen. Das Rätsel von San Francisco ließ Frank nicht los. Er wollte Antworten und würde sein Bestes geben, um sie zu finden.

Während der Rechner hochfuhr, zog er ein Wörterbuch aus dem Regal und schlug es beim Buchstaben *G* auf. Nach einigem Blättern fand er den Eintrag für *Gehenna*:

„1 *(neu-test.)* Hölle. 2 Ort d. Feuers, Qual, Leiden."

Auf dem Bildschirm des Computers flackerte ein Menü auf. Frank rief über die Tastatur SearchNet auf und gab als Suchbegriff *Gehenna* ein.

Das Telefon klingelte. Frank erschrak etwas

und sah auf seine Uhr. Eine ziemlich unübliche Zeit für Anrufe.

„Hallo“, sagte er in den Hörer.

„Frank, ich bin's, Mike Atkins“, meldete sich der Mann, mit dem Frank noch am letzten Morgen im Victory Park gesprochen hatte. „Tut mir leid, daß ich so spät noch anrufe.“

„War sowieso noch bei der Arbeit“, entgegnete Frank.

„Genau wie ich.“

„Wo bist du denn gerade?“

„Immer noch in San Francisco, im forensischen Labor“, antwortete Atkins mit angespannter Stimme. „Wir haben Daten zu dem Jungen, der heute nacht gestorben ist. Etwas, mit dem wir überhaupt nicht gerechnet haben.“

„Was habt ihr?“ fragte Frank, während er den Sessel herumschwenkte.

„Die Kleidung des Jungen und sein Zellgewebe weisen Spuren eines Insektizids auf, das zur Herstellung eines Stoffes namens *Sarin* verwendet wird.“

„Saringas“, sagte Frank ohne sichtbare Gefühlsregung.

„Wie es bei dem Attentat auf die U-Bahn in Japan verwendet wurde. Der Anführer des vermutlich dafür verantwortlichen Kultes steht gerade wegen dieser Sache vor Gericht, und auch noch wegen einer Reihe anderer Morde.“

„Shoko Asahara“, meinte Frank, der sich nun

an einige Einzelheiten des Falles erinnerte. „Anführer der Aum Shinrikyo."

„Richtig", erwiderte Atkins. „‚Oberste Wahrheit', das ist in etwa die Übersetzung des Namens, den sich der Kult zugelegt hat. Frank, weißt du, wie sich Asahara seiner Opfer entledigt hat?"

Frank erstarrte, da plötzlich alles zusammenzupassen schien. „Mit einem professionellen Groß-Mikrowellenherd", meinte er heiser.

Eedo hämmert gegen die Scheibe – Sein schmerzverzerrtes Gesicht preßt sich gegen das Glas – Seine Hände geben nach, rutschen herunter – Nun ist auch sein Kopf nicht mehr zu sehen –

Frank gab Befehle über die Tastatur ein. Sein Herz pochte wie rasend.

Atkins sagte gerade: „Asahara hat über eine Milliarde Dollar zusammengerafft und versucht, von den Russen Waffen zu kaufen. Man vermutet sogar, daß er geplant hat, sich das Ebola-Virus zu beschaffen."

„Er will Harmagedon herbeiführen, die letzte Schlacht zwischen Gut und Böse", meinte Frank.

„Könnte es das sein, was gerade *hier* passiert?" fragte Atkins.

Frank wußte es nicht. Aber die Möglichkeit allein brachte ihn auf Hochtouren. Genau wie die Webseite, die nun über seinen Bildschirm scrollte. Dann kam der erwartete Text:

GEHENNA INTERNATIONAL, PTY.
Eingetragener Standort: Cayman Islands. Chemieholdings.
Lager in New York, Monaco, San Francisco, Tokyo, Sydney, Kairo.

„Frank“, sagte Atkins, „bist du noch dran?“

„Hör mal zu, Mike“, meinte Frank, der plötzlich aufgeregt klang. „Ich hab’ was gefunden. Einen Firmeneintrag für eine Gehenna International. Scheint eine Art Holding zu sein, in Übersee.“

„Und worin macht deine Holde so?“ flachste Atkins.

„In Industrieprodukten, Chemikalien“, erklärte Frank, während er weiter die Tastatur bearbeitete. „Mike, eine ihrer Niederlassungen ist in San Francisco.“

Für eine Sekunde war nur erstauntes Schweigen vom anderen Ende der Leitung zu vernehmen. Dann sagte Atkins knapp: „Ich klemme mich dahinter.“

Atkins hängte ein. Langsam legte Frank den Telefonhörer zurück. Er starrte auf den Bildschirm und dachte über das nach, was er soeben herausgefunden hatte. Und darüber, daß Mike Atkins sich damit näher befassen wollte . . . plötzlich wurde Frank nervös. Er nahm den Hörer wieder ab und tippte schnell die Nummer des forensischen Labors beim SFPD ein. Er ließ mehrmals durchklingeln, aber niemand hob ab.

Offenbar war Atkins bereits fort.

Frank knallte den Hörer auf die Gabel, sprang auf und rannte die zwei Treppenfluchten hoch, bis er den Flur vor ihrem Schlafzimmer erreicht hatte. Er trat durch die Türöffnung und blieb stehen, seine Muskeln gespannt wie eine Feder.

Catherine saß im Bett und las. Sie sah ihn amüsiert an. „Was ist los?"

„Ich weiß nicht", murmelte Frank, während er auf das Bett zuging. „Ich hab aus irgendeinem Grund ein ganz, ganz miserables Gefühl."

Er hob den Hörer des Telefons ab, das auf dem Nachttischschrank stand, und rief in San Francisco an. Irgendwoher meinte er zu wissen, daß Atkins in Gefahr war, wenn er wirklich Gehenna International aufsuchen würde. Eine Zeile aus einem Fremdwörterlexikon raste durch sein Hirn:

... ein Ort des Feuers, der Qual, des Leidens ...

Catherine beobachtete Frank mit wachsender Unruhe.

18

Aus dem dunklen Himmel von San Francisco fiel ein dichter Teppich aus Nieselregen, was den desolaten Eindruck noch verstärkte, den das am Rande der Stadt liegende Industriegebiet hinterließ. Mike Atkins war noch nie zuvor in dieser Gegend gewesen. Er hatte sich mit Hilfe eines Stadtplans bis hierhin durchgeschlagen und suchte jetzt nach Gehenna International.

Der Fabrikkomplex, den er an der angegebenen Adresse gefunden hatte, setzte sich aus mehreren dicht an dicht stehenden großen Gebäuden zusammen. Licht war nirgendwo zu sehen, weder in den Gebäuden noch außerhalb. Auch eine Beschilderung suchte er vergeblich. Die Anonymität der Gebäude wirkte reichlich befremdend. Aber andererseits gab es in Amerika Tausende solcher Industriekomplexe, deren Betreiber aus diesem oder jenem Grund keinen Wert darauf legten, ihre Identität oder auch nur ihre Tätigkeit preiszugeben. Geheime Regierungsprojekte, gefährliche Materialien, Diebstahlsgefahr oder illegale Aktivitäten – es gab Dutzende von möglichen Motiven für eine solche Geheimniskrämerei.

Wie zum Beispiel die Produktion von Saringas.

Zwölf Tote und mehr als 6000 Schwerverletzte, so die Bilanz des Attentats auf die U-Bahn von Tokio, das am 20. März 1995 stattgefunden hatte. Paradoxerweise eine positive Bilanz, beinahe ein Glücksfall, der lediglich darauf zurückzuführen war, daß es den Wissenschaftlern des Kultes nicht gelungen war, das Saringas in einer reineren Form herzustellen. Darüber hinaus blieb die Frage offen, welchen Schaden die Aum Shinrikyo noch hätte anrichten können, wenn sie auch nur einen Bruchteil ihrer anderen Ressourcen eingesetzt hätte: Zwei Jahre später wurde entdeckt, daß der Kult eine entlegene Farm in Australien besaß, in deren Nähe mysteriöserweise eine gewaltige Explosion stattgefunden hatte. Einige Experten verstiegen sich zu der Behauptung, es hätte sich dabei um eine Nuklearexplosion gehandelt. Von offizieller Seite ließ man jedoch verlauten, der Knall wäre durch einen Meteoriten verursacht worden. Eine Erklärung, an der Atkins seine Zweifel hatte.

Ein hoher Zaun aus Maschendraht umgab den Gehenna-Komplex. Atkins parkte seinen Wagen in der Nähe eines Gatters, das zu seiner Überraschung nicht verschlossen war. Mit der Taschenlampe in der Hand machte er sich auf den Weg. *Scheiß auf den Regen*, dachte er. *Es gibt Schlimmeres als nasse Füße. Zum Beispiel Wächter oder Alarmanlagen.*

Seine Vorsicht erwies sich jedoch bald als

unbegründet. Wer – oder was – kümmerte sich um diesen Ort?

Nichts und niemand? Vielleicht. Eine Tür an der Seite des Gebäudes war abgeschlossen, aber man hatte nicht allzu viel Sorgfalt darauf verwendet. Atkins brauchte weniger als eine Minute, um das Schloß zu knacken.

Die Tür führte in einen langen, stockdunklen Flur. Atkins leuchtete mit der Taschenlampe hinein. Wie die Fassade des Gebäudes wirkte auch das Innere kahl und leer. Fast leer, um es genau zu sagen.

Als er den Flur halb durchquert hatte und eine Tür öffnete, entdeckte er den ersten Hinweis darauf, daß das Gebäude doch genutzt wurde. Ein großer Raum, der etliche Reihen von Tischen und Stühlen enthielt, an denen glücklicherweise niemand saß. Arbeitsplätze, wie es aussah. Alle Stühle wiesen in dieselbe Richtung und vor jedem stand ein Telefon.

An der Stirnwand des Raumes war ein Videomonitor aufgestellt, hoch über den Stühlen, damit man ihn von jedem Platz aus gut sehen konnte. Das Gerät war eingeschaltet. Während Atkins den Monitor interessiert ansah, erschien darauf ein Schriftzug:

BEREITE DEN BODEN FÜR NEID

Atkins' Gedanken rasten. Er erinnerte sich an „Bob Smiths“ Äußerungen über „die *Num-*

mern". Nummern von Kreditkarten, unter anderem. Das ist ein Kontaktraum, erkannte Atkins nun. Ein Raum, in dem Telefonverkäufer arbeiteten.

Der Schriftzug auf dem Monitor wurde durch einen anderen ersetzt:

ARBEIT MACHT FREI

Atkins fragte sich, wer oder was das Videosystem bediente. Und warum. War er selbst derjenige, an den die Botschaften sich richteten? Mit Sicherheit doch nicht an die Leute, die normalerweise auf den jetzt leeren Stühlen saßen.

Unruhig sah er sich um. Kein Zeichen von menschlichen Aktivitäten. Dann hob er seinen Blick zur Decke und sah die drei Halbkugeln, die gleichmäßig über die Längsachse des Raumes verteilt waren. Atkins erkannte sofort, daß es sich um die Kamerasysteme einer Videoüberwachungsanlage handelte. *Allgegenwärtige Augen.* Waren sie eingeschaltet, jetzt, in diesem Moment? An dem ihm nächstgelegenen Kamerasystem glaubte er das Aufleuchten eines Betriebssignals zu erkennen.

Über die Videoanlage – Beobachte den Bildschirm – Beobachten, wie der weißhaarige Mann direkt in eine der Kameras starrt – Beobachten, wie sich wachsende Unruhe in seinem

Gesicht ausbreitet – Nervosität – Die ersten Anzeichen von Furcht –

Atkins überlegte, ob er den Raum verlassen und die anderen Teile des Gebäudes durchsuchen sollte. Warum eigentlich nicht? Bislang hatte niemand versucht, ihn davon abzuhalten. Er betrat wieder den Flur und lief ihn weiter hinunter, bis er hinter einer Tür einen Verbindungsgang zu dem großen Nachbargebäude entdeckte. Auf den ersten Blick war klar, daß dieses Gebäude als Lagerhaus genutzt wurde.

In der Tat. Ein einziger riesengroßer Raum, der bis an den Rand mit beladenen Paletten vollgestellt war. Ein aus langen Reihen von Metallregalen aufgebautes Labyrinth, vollgestopft mit Waren. Atkins konnte nicht einmal abschätzen, wieviele Kisten und Kartons hier standen. Aber eines war offensichtlich: Er war auf ein höchst imposantes Depot gestoßen.

Er durchquerte eine der Regalstraßen und schwenkte seine Taschenlampe, um sich einen genaueren Überblick zu verschaffen. Eine Reihe von großen Stahlfässern fiel ihm auf, weil sie mit dem Schriftzug ENTFLAMMBAR versehen waren. Darunter stand in kleinerer Schrift SODIUMFLUORID – eine Chemikalie, die zur Herstellung von Insektiziden verwendet wird. Und von Saringas.

Dann bemerkte er die Holzkisten, die auf den Regalböden dicht an dicht standen. Sie waren mit asiatischen Schriftzeichen versehen und trugen die Aufschrift REPUBLIC OF CHINA. Auf einem der Regale fand Atkins ein Stemmeisen und machte sich daran, den Deckel einer Kiste abzuhebeln. Es war anstrengender, als er vermutet hatte, und bald vermischten sich die Reste von Regenwasser auf seinem Gesicht mit Schweißtropfen. Endlich gab der Deckel nach. Unter ihm kamen längliche, mit braunem Wachspapier umwickelte Pakete zum Vorschein. Atkins zog der Geruch von Öl in die Nase, das mit Metall in Berührung gekommen war. Er kannte diesen Geruch, riß aber vorsichtshalber eines der Pakete auf, um seinen Verdacht zu bestätigen. Ja, genau wie er es vermutet hatte: Das Licht seiner Taschenlampe spiegelte sich am Lauf eines brandneuen Sturmgewehrs vom Typ AK-47.

Was würde er sonst noch hier finden? Atkins beschloß, der Sache weiter auf den Grund zu gehen.

Eine Armada von Polizeiwagen raste durch die Nacht, sieben unauffälligere Zivilfahrzeuge und fünf schwarzweiße Streifenwagen. Die Sirenen blieben stumm, aber die Signalanlagen auf den Dächern der Wagen schossen ihr rotierendes Feuerwerk von Lichtstrahlen durch die Regenluft, um die vor ihnen liegende Route verkehrsfrei zu halten.

Peter Watts und Jim Penseyres hockten im Fond des ersten Wagens. Sie waren ziemlich nervös, da sie absolut keine Ahnung hatten, was sie bei dieser seltsamen Firma namens Gehenna International erwarten würde. Die spontane Polizeiaktion war nämlich keineswegs aufgrund einer handfesten Information in die Wege geleitet worden. Statt dessen hatte ein ziemlich dramatisches und rätselhaftes Ereignis den Anlaß gegeben:

Ein Anruf aus Seattle. Ein Anruf von Frank Black, dessen Stimme unzweifelhaft zum Ausdruck gebracht hatte, daß höchste Eile geboten war.

Atkins durchsuchte immer noch das Regallabyrinth des Lagerhauses. Hinter einer Ecke erfaßte der Strahl seiner Taschenlampe einen Metallwürfel, der etwa zehn Meter von ihm entfernt stand. Das Licht glitt über eine massive, fast zwei Meter hohe Tür, die einen Spalt breit offenstand. Es schien sich um eine Art Maschine zu handeln. In der Tür war ein Beobachtungsfenster aus dickem Glas angebracht. Atkins kam näher heran.

Dann erkannte er, daß es sich um einen riesigen Ofen handelte. Einen professionellen Mikrowellenherd, genauer gesagt.

Er hielt die Lampe in die Türöffnung, um sich

das Innere des Ofens anzusehen. Knapp zwei Meter tief. In der hinteren Ecke lag ein kleiner Haufen einer grauweißen, pulverisierten Substanz, aus dem einige Gegenstände herausragten, die offensichtlich festerer Natur waren.

Asche, dachte Atkins, vor Schreck erstarrt. *Teile von Knochen.*

An der rechts von ihm gelegenen Innenseite des Ofens war die Isolation beschädigt. Ähnliche Spuren entdeckte er an der Tür, direkt unter dem Fenster. Kratzer, überlegte Atkins grimmig. Leichte Dellen. Durch Faustschläge verursacht?

Die Polizeikolonne erreichte den Gehenna-Komplex. Die Wagen hielten mit quietschenden Reifen. Watts und Penseyres kommandierten den Sturmtrupp von Polizisten durch das Gatter und zu der offenstehenden Seitentür des Gebäudes. Sie rannten durch den dunklen Flur und ließen die Taschenlampen kreisen, um Atkins zu finden. Keine Spur, weder von ihm noch von jemand anderem. Ebensowenig in den angrenzenden Räumen. „Ab ins nächste Gebäude, kommt schon, los!" schrie Watts.

Atkins durchsuchte den Ofen. Er ging in die Hocke, um sich die in der hinteren Ecke liegenden Überreste näher anzusehen. Auf dem Boden lag eine ganze Menge von dem Zeugs ...

Hinter ihm schlug die Tür zu.

Atkins schoß herum und rammte seine Schulter gegen die Tür. Doch sie gab keinen Millimeter nach. „Hey!" schrie er. „Hey!" Er hämmerte an die Tür und bemerkte, daß sie abgeschlossen war – von *außen* abgeschlossen. Und dann erkannte er, daß seine Fäuste genau die Stelle der Tür trafen, an der er die Beschädigungen bemerkt hatte, die wahrscheinlich von den Fäusten anderer stammten.

Ein lautes Brummen durchzog den Ofen, und gleichzeitig wurde es hell. Jemand hatte den Ofen *eingeschaltet*. Atkins ließ seine Fäuste sinken, weil er einfach nicht fassen konnte, daß ausgerechnet er in eine solch einfache Falle gegangen war. Als er spürte, wie ihn ein Hitzestoß durchdrang, riß er vor Panik weit die Augen auf.

Dann sah er hinter dem dicken Glasfenster einen Mann, der einfach nur reglos dastand. Dastand und ihn durch Nachtsichtgläser beobachtete.

Atkins trommelte mit aller Kraft gegen die Tür und brüllte sich das letzte bißchen Luft aus der Lunge.

Watts stürmte durch den überdachten Verbindungsgang in das Lagerhaus. Vom Ende des riesigen, dunklen Raumes hörte er ein lautes Brummen. Er rannte darauf zu und brüllte Kommandos, während Penseyres und die anderen ihm folgten. Als er um eine Ecke herumkam, sah er den großen Metallwürfel. Aus dem Beobachtungsfenster in der Tür fiel gleißendes Licht. „Ausschalten!“ brüllte er, als ihm nach einer Sekunde des Entsetzens bewußt wurde, um was es sich bei der großen, brummenden Maschine handelte. Mit zwei, drei Sätzen hatte er sie erreicht. Er umfaßte den Griff und drehte daran. Zuerst erfolglos, aber dann sprang die Tür auf.

Atkins lag zusammengerollt auf dem Boden des Ofens. Sein Gesicht war weiß, seine Haar schweißdurchtränkt, aus seiner Kleidung stieg Dampf auf.

„Einen Notarztwagen!“ brachte Penseyres die verwirrt und stammelnd dastehenden Männer zur Räson. „Sofort, verdammt!“

Penseyres und Watts schafften Atkins aus dem Ofen heraus.

„Sind wir zu spät gekommen?“ fragte Penseyres verzweifelt.

„Weiß ich nicht“, murmelte Watts, während er sich über Atkins beugte, um seinen Puls zu überprüfen. Atkins' Handgelenk war unglaublich heiß.

Watts konnte keinen Pulsschlag feststellen. Doch, da war etwas – ganz schwach, vielleicht . . .

Hinter ihm erteilte der kommandierende Police Officer seinen Leuten knappe Befehle. Sie sollten das Gebäude durchsuchen und absichern. Dann forderte er über Funk Unterstützung an. Jede Menge davon.

„Mike“, sagte Watts erschüttert zu seinem reglos daliegenden Mentor und Freund. „Halte durch, Mike! Der Krankenwagen muß bald da sein. Halte durch . . .“

19

Diesmal verschwendete Frank keine Zeit mit den umständlichen Prozeduren, die zur Beschaffung eines Mietwagens nun einmal notwendig sind. Statt dessen lief er direkt durch den Ausgang des San Francisco International Airport und stieg in ein Taxi.

Sein wichtigstes Ziel war das Krankenhaus. Zunächst wollte er aber einen Zwischenstop beim Hauptquartier des SFPD einlegen. Die Polizei hatte ein Individuum verhaftet, das er sich einmal näher ansehen wollte.

Der Regen klatschte ungemein heftig auf die Fenster des Taxis, was Frank aber nicht von den Gedanken abbrachte, die unentwegt durch seinen Kopf gingen. Mike Atkins. Das grauenhafte Erlebnis, das er hinter sich gebracht hatte. Das unsägliche Wesen, das dafür verantwortlich war.

Das Taxi hielt bereits einen Häuserblock vor dem SFPD an, da die Straße von TV-Übertragungswagen blockiert wurde. Frank bezahlte den Fahrer, legte die Strecke im Laufschritt zurück und betrat schließlich das Hauptquartier durch einen Hintereingang.

Im Flur vor dem Befragungsraum im ersten Stock war ein Fernsehmonitor an der Wand angebracht, auf dem die Nachrichten liefen. Der Sprecher sagte gerade: „Die Kriminalpolizei von San Francisco war an einer Razzia und Massenverhaftung in den Räumlichkeiten eines sogenannten Todeskultes beteiligt, dessen Mitglieder in dem dringenden Verdacht stehen, einen massiven Terroranschlag geplant zu haben."

Frank hielt kurz an, um sich die Aufzeichnung anzusehen. Junge Männer mit einheitlichem Bürstenschnitt, die mit Handschellen gefesselt waren und in Polizeiwagen gesteckt wurden. Einer der Verhafteten stach aus der Menge heraus. Es war ein alter Mann mit verkniffenem, teigigem Gesicht. Der Sprecher sagte: „Mutmaßlicher Anführer ist ein ehemaliger Verfahrenstechniker namens Ricardo Clenett. Er wird des Mordes an mindestens einem der Mitglieder des Kultes verdächtigt." Frank betrachtete das Gesicht auf dem Bildschirm. Sein Magen zog sich in einem Schauer zusammen. „Die Behörden haben ein umfangreiches Lager chemischer und biologischer Waffen konfisziert, die vermutlich über den organisierten Schwarzhandel beschafft wurden", fuhr der Sprecher fort. „Die Finanzierung des . . ."

Frank begab sich in die Galerie neben dem Befragungsraum. Dort war niemand. Aber hinter der einseitig verspiegelten Scheibe fand ein Verhör statt.

Peter Watts legte seine Hände flach auf den

Tisch und beugte sich nach vorn. Ihm gegenüber saß Ricardo Clenett. „Wieviele Jungen sind in dem Ofen gestorben?“ fragte Watts. „Wieviele haben Sie damit umgebracht? Zwanzig?“

Clenett ignorierte Watts.

Frank trat näher an die Scheibe heran. Sein hageres, verlebtes Gesicht spiegelte sich im Glas und erzeugte die Illusion, daß sein Kopf direkt neben dem Häftling frei in der Luft schwebte. Clenett sah unbeteiligt durch Watts hindurch, als wäre er gar nicht da.

Watts klatschte mit der Hand auf den Tisch und brüllte: *„Wer zum Teufel sind Sie?“*

Clenetts Gesicht zeigte nicht die geringste Reaktion.

Angeekelt verließ Watts den Raum. Kurz darauf traf er bei Frank auf der Beobachtungsgalerie ein. „Nichts“, knurrte er. „Absolut nichts.“

„Ich glaube, ich weiß es“, sagte Frank leise.

„Was?“ fragte Watts.

„Wer er ist“, flüsterte Frank.

Clenett stand plötzlich auf und ging direkt auf die halbverspiegelte Scheibe zu, um sich davor aufzubauen und hindurchzustarren. So, als wüßte er genau, daß sich Franks verwittertes Gesicht mit den brennenden Augen auf der anderen Seite in der Scheibe spiegelte.

Er sah Frank direkt in die Augen.

Clenetts pockennarbiges Gesicht wirkte verschlossen. Nichts schien durch diese Maske hindurchdringen zu können – undurchlässig wie ein Kraftfeld. Und dahinter verbarg sich etwas ungemein Wildes. Höchst Explosives. Ein Geist, der so gefestigt war, daß er allen Einflüssen widerstehen würde.

Aber dieser Geist konnte andere beeinflussen. Und viele waren ihm zum Opfer gefallen.

„Ich muß hier ganz dringend raus“, murmelte Frank und verließ eilig den Raum.

Frank saß in Mike Atkins’ Krankenzimmer auf einem Stuhl, der direkt neben dem Bett stand, das von einem Kunststoffzelt bedeckt war. Er starrte dumpf in den Raum. Er war schon seit Stunden hier. Er hatte nicht die Absicht, so bald wieder zu gehen.

Unter dem transparenten Zelt war Mikes Gesicht zu sehen, bleich und unnatürlich glänzend. Aber lebendig. Einigermaßen zumindest.

Die Tür ging auf, und Jim Penseyres steckte seinen Kopf herein. „Deine Frau ist da.“

Catherine stand hinter Penseyres und betrachtete ihren Mann mit sichtbarer Besorgnis. Franks Miene erhellte sich etwas und er stand auf, um den Raum zu verlassen. Penseyres löste ihn bei der Krankenwache ab.

Frank blieb direkt neben der Tür stehen und sagte: „Es war nicht notwendig, daß du vorbeigekommen bist.“

„Ich wollte aber kommen“, sagte Catherine zärtlich. „Ich wollte mit dir zusammen sein, Frank.“ Sie legte eine Hand auf seinen Arm und fügte hinzu: „Ich weiß, daß es das ist, wovor du Angst hast."

„Was?" fragte Frank.

„Die Kontrolle zu verlieren", antwortete Catherine. Franks Augen suchten die ihren, um zuzugeben, daß sie recht hatte. „Daß so etwas mit jemandem passieren könnte", ergänzte sie, „der dir nahesteht!"

Franks Blick wendete sich von ihrem ab. „Er hat ernsthafte Schäden am Gewebe, durch die Strahlung", sagte er düster. „Aber die Ärzte glauben, daß er durchkommt."

„Ich will nur", meinte Catherine und streckte ihre Hand nach ihm aus, um ihn zu beruhigen, „daß du einmal daran denkst, wieviele Menschen du gerettet hast. Stell dir nur vor, wieviele Leute durch diese Waffen vielleicht getötet worden wären."

Frank sah wieder woanders hin und sein Gesicht wurde von einer Leere überschattet. „Ich weiß", sagte er mit verschleiertem Blick, ohne wirklich davon überzeugt zu sein.

Catherine trat auf ihn zu und ergriff seine Hände. „Was du getan hast, war sehr wichtig", sagte sie ruhig und liebevoll. „Es war doch genau das, worauf du immer aus warst." Sie drückte seine Hände und fügte leise hinzu: „Den *bösen Mann* zu fangen."

„Ich bin nicht ganz so überzeugt", murmelte er dann und warf seiner Frau einen kurzen Blick zu.

„Wovon bist du nicht überzeugt?“

„Davon . . .“, überlegte Frank. Wieder sah er Catherine an, und wieder drehte er sich weg und verzog die Augenbrauen. „Davon“, sagte er schließlich, „daß man den *bösen Mann* überhaupt fangen kann.“

Catherine dachte über seine Bemerkung nach. Sie sah ihn erst besorgt an und dann verständnisvoll.

Frank legte seine Arme um sie. Sie umarmten sich sehr fest, waren für einen Moment wirklich vereint, ergänzten sich auf perfekte Weise. Und dieser Moment der Umarmung entführte sie für kurze Zeit aus dem unbarmherzig beleuchteten Krankenhausflur. Weg von diesem Ort kalter Fakten und endgültiger Unsicherheiten. Einfach weg, wenn es auch nur für einen Moment war, von all dem Leiden. Von all dem Horror.

Langweilige Fernsehabende

können Sie sich jetzt sparen.

Welcher Film sich wirklich lohnt

steht in TV Spielfilm.

TV SPIELFILM Online: http://tvspielfilm.compuserve.de

Daumen oben, oder Daumen unten. Wir sagen wo sich das Einschalten lohnt. 14 Tage volles Programm. Für nur DM 2,50. TV Spielfilm holen - nur das Beste sehen.

Wir wünschen spannende Unterhaltung.